ばれてもともと

——色川武大遺稿集

TakehiRo iroKaWa

色川武大

P+D BOOKS
小学館

目次

I

II

III

I　ばれてもともと

いずれ我が身も

判官びいき、というのは弱い者に肩入れする気分のことをいうのであろうが、それは頼朝と義経というような比較のうえで成立することであって、ただなんでも強者と弱者に当てはめての言葉ではないように思う。

だから、私のは日本人に多いといわれる判官びいきとは、少しちがう。だいいち、私は義経的存在を、ひいきにしているわけではない。

犯罪をおかしたりして、窮地におちいっている人間を、我が事に感じる。汗が出るほどにそうなる。これは小さい頃からで、五十の声をきく現在もなお変らない。

敗戦直後、小平義雄という犯罪者が居た。食糧不足で郊外に買出しに出る娘さんを淋しい所に誘って強姦殺人をする。次から次へとやって十何人を殺した。捕まってみると陰気な中年男で、いかにも不気味な感じがした。

しかし、このときも、捕まったことを知ると、あ、しまった——！　という痛恨の思いがした。その前段階に気持を馳せて、殺された娘さんのことを考えないわけではないけれど、その娘さんに自分が同化して汗が出るというには至らない。だから理に合わないし、弱者に肩入れするというのともちがう。

まかりまちがえば自分もああしたことをやるかもしれない、という気持で小平を見ているわけでもない。その時分、私はハイティーンで、すでに強姦の機能は備えていたが、小平の犯罪はいかにも戦地でしみついた異常心理乃至性欲という感じが濃く、戦地へ行かなかった私などは、そういう行為の可能性があるとは思えなかった。

けれども私は自分が手錠をはめられた実感で、彼の一挙一動を眺めていた。小平は捕まってから自白を終えた夜だったかに、留置場で、すき焼を喰べさせてもらっている。安い、固そうな数片の肉と、そっけない味つけのすき焼を、私もその夜、頭の中で、ぽつりぽつりと口に運んだ。あの空想のすき焼の味は、今でもはっきり覚えている。

もちろん、小平義雄だけに限らない。犯罪が発生した記事を見ると、私はいつも、覚悟、のようなものをする。ここに自分のしたことがある。いつかはきっと捕まってしまう。だからその件についての中間報告記事を見て一喜一憂する。それは被害者に対して、世間に対して、ひどく不謹慎なことで、だから口外はしない。けれども、万一、刑事がやってきて訊問されたら、いつの場合でも、私は涙声をあげて自白してしまったかもしれない。

大勢の取材陣の前を、犯人が背広で顔をかくしながらひきたてられてくる。その写真を私は、声もなく眺めている。それはまた、いつの日か自分も、必ずこうなるのだ、という心持ちでもある。息苦しいほどに、そうなる。どうしてだろうか。

多分、自分なりの戦争体験がそうさせるのではないか、と考えた時期があった。

私たちは人格形成期にずっと戦争があり、長生きは考えられなかった。いずれまもなく、兵隊にとられ、戦場の土になるのだろうと思っていた。だから、先のことは考えられない。学科を習っても何の役にも立たないように思える。学校が軍隊式だから、生徒は、恐れいった面持ちで講義を謹聴しているが、実は、自分たちの行手に関係があるのは教練や体育だけだと思っていた。それも二年生までで、あとは教室をはなれて、工場に動員されている。

いうならば、宣告を待機しているようなものだった。そう遠くない将来に、いつか必ず、死の手に捕まる。逃げおおせることはできない。そういう息苦しさが、身体の中に棲みついてしまったようなところがある。そこで、似たような状況に触発されるのではないか。

この考えはわれながら面白かったが、しかし、私の場合は、戦争がおきる前の幼い頃からその恐怖があるのである。私たちはなんでも戦争に起因させるくせがあるけれども、そういう一見つじつまがあうような理屈に、実際はうまくはまってくれない。

それでは、いつか必ず、背広で顔をかくしながら警察へひきたてられるような破目におちいるとして、自分はどんなことでそうなるだろうか。それがさっぱり見当がつかない。見当がつかないけれど、だからといって、その実感が遠のくわけではない。

同じ犯罪でも、ひどく嫌悪感をもよおす種類のものと、それほどでもないものとある。ひどく嫌悪感をもよおすもの、たとえば殺人などは、だからやらないかというと、むしろそれこそ、大狼狽の末、うっかりやってしまいそうな気がする。

いつだったか、自分の今後の有様が、何十種類もカットバックされて現われる夢を見たことがある。今後書き記す小説の題名が連記されていたり、怪我や病気の場面が具体的に現われたりした。関係する女も、一人一人出てきた（その中にまだ会ったこともない知人の妻君がいる）。そうして、最後は、深い穴の中に落ちこんでいく。それがどうも、絞首刑のイメージのようでもある。

私は、血気さかんな若い一時期をのぞいて、ひどく用心深く、臆病にすごしてきた。そうなってしまうのは、いつかきっと、大失敗をやらかして、背広で顔をかくすようになると確信しているせいでもある。だから、たとえば反体制的な行為をしなければならないときにも臆病このうえもない。そうであるからまさに、その反体制的な行為に走ってしまって刑吏の手にひきたてられそうな気もする。

それはそうと、数日前、参院予算委の証人喚問ドラマをテレビで眺めていた。例によって、自分の身体の一部が、証人として登場しているような息苦しさを感じる。私は海部（一郎・日商岩井元副社長）氏に好意を感じていないが、そんなことは関係ないのである。海部氏の苦しさ、疲労、そういうものをひしひしと我が身に感じる。着席するときの腰の落ち方、重圧で眼蓋がふさがるような感じまでわかる。また有森氏が沈黙する間の緊迫が他人事でない。

ああ、大変だ、地獄だなァ、そう思う。

どうしてその地獄に行きあう破目になったか、ということとは無関係にそう思うのであるから、口にしても意味がない。ただ、自分もいつか——、と思うのである。

質問に立つ国会議員諸氏は、私たちの代表の筈であり、それはよくわかっているが、同時に、私にとっては実に厄介な存在でもあり、その顔つきが憎憎しく思われる。

ずいぶん前に〝十二人の怒れる男〟という陪審員たちを主人公にした映画があったが、もしかりに私が陪審員に指名されるとなるといずれ我が身、という実感をねじ伏せないかぎり、どうにも動きがとれない。けれどもまた、その実感をきれいにねじ伏せてしまって他人事として裁くのがよいとも思えない。

いずれにしても人を裁くということは、辛い行為のはずで、そこのところが国会議員諸氏にやや希薄のように思われる。

雑木の美しさ

最近、山の中の過疎村を訪れる機会が二度重なった。

一は和歌山県那智勝浦町から車で小一時間ほど山にわけいったところにある色川郷というところである。ここは私の家系のルーツにあたるところだと以前からきかされていたので、一度行ってみたいと思いつづけてきた。平維盛の末裔と称する落人部落で、たくさん記したいことがあるが、今回は要点だけにしたい。

海抜八百五十メートル、しかし海ぎわからじかに山を這いあがるのでかなりの高さを感じる。ところどころ、見晴らしのきく場所からは太平洋とともに、伊勢、紀伊の山々がうねり続くのが見え、頂上からは大和の山まで遠望できるという。山の勾配のほんのわずかな緩みを利用して、点点と人家が集まっている。

人口八百人のうち、三百人が六十歳以上だという。小学校の生徒は全学年あわせて数十人だそうであるが、水あくまで清く冷たく、空気が甘い。車の行く手の路上から、番《つが》いの雉が飛び立ったりする。

おや、と思ったのであるが、道ばたの人が老若いずれも、いい顔をしているのである。役場に居た青年たちも、農協の女事務員も、女教師も、巡査も、それぞれいい。汚れのない美しい表情をしている。

へんなたとえだが、先年、車で通過した漁師町の犬のことを思い出した。いきなり路上に走り出てきた犬を見て、あ、あれが、犬の顔だな、と改めて思った。東京で繋がれている犬の顔は、こうして見ると生き物の顔ではなかった。

もっとも、東京の人間は生気はないが、先にわずかな希みを託して行儀よくしている。地方都市の支社（乃至工場）サラリーマンはもっとひどくて、はかない希みすら持てず、刹那的な表情にならざるをえない。

色川郷は海近くで南国だから、山の奥にもかかわらず、風物が明かるい。しかし、夜は深いだろうと思う。すると老人が、こういった。――なァに、近頃の森は明かるいからね、昔の山はもっと暗かった。

近頃は、檜や杉や、金になる木を植林して、育つとどんどん伐ってしまう。昔は雑木が鬱蒼と茂っていた。日本の山は、放っておくといずれも雑木になってしまうのだそうである。

旅館もなく、当地に住む地誌研究家も御不在で、私は心を残しながら半日で山をおりた。また来てみよう、と思った。そうしてまもなく思いがもう少し募って、ここにしばらく住みついてみたいなァ、と思うようになった。

それから二週間ほどして、偶然のことから、愛知県岡崎市から車で四十分ほど山にわけいったところに住む人を訪ねて泊った。

それは私の若い友人の友人で、若夫婦に子供二人、過疎で無人になった百姓家を無料で借りて五年前からここに住んでいる。

夫は彫刻を志しているが、木工をして生活の資を得ている。夫婦とも東京育ちで東京に親が居る。山中の一軒家とはいえ、もちろん車も電話もテレビもあるが、週に一回、食料品店の車が巡回してきたときに、一週間分の食料を買いこむのである。二キロほどくだったところに、日に何本かバスが来ているが、小学校には四キロあり、一年生の頃から歩いてかよっているのだという。悪天候の日以外は車の送迎をしてやらない。上の男の子は四年生で、冬場など帰り道でとっぷり日が暮れるという。

試みに、夜、家の外へ出てみると、深い闇で、足が先に進まない。

私たちが訪ねた日は祭日で、子供たちは近くの家の車で、川下りとリンゴ狩りという楽しみを味わいに行っており、夜帰ってきた。どんな子だろうと思っていたが、兄妹ともに母親似でつぶらな眼をしており、楽しみを満喫してきたらしく、甲高い声でよくしゃべった。

妻君は豊かな家の育ちで、最初は、掌が荒れるから水仕事はしないといって、夫が食器洗いから洗濯までやっていたそうである。若い友人をはじめ周辺は、いつまで続くかと笑っていた。それが今度いって見ると、話の合間も、ごそごそと板の間を雑巾をかけてまわり、夜ふけに談笑していても彼女の声が他を圧した。夫に対しても子供に対しても見事な妻であるばかりでなく、自身も山の暮しにとけこんでいるように見えた。

友人は、この妻君と女学校時代の同級生で、銀座で酒場のマダムをしている。美酒佳肴に慣れているが、しかし独身で、連休になるとこの山の中にやってきてしまう。

「都が恋しくならない——?」

「そうね。でも、亭主が絶対に街はいやだっていうから。年に一度、行くからいいわ。万一、亭主が死んだらね、そのときは戻るから、あんたの店で使って頂戴」

「年増はあたし一人でたくさんだけどね」

そういって二人で笑った。

子供は中学になれば、二キロ歩いてバス通学をするのでかえって楽だという。その上の学校にもし行く気があれば、東京の親もとに預ける。

亭主は寡黙な人らしかったが、一人でそこから九州に向かう私を駅まで送る役をみずから買って出てくれた。私たちは車の中で、美について、いろいろと話しあった。

低く連なった周辺の山々が、紅葉で半分ほど染まっている。このへんの山は小さいので、那智の山とちがって檜や杉を植林したりせず、雑木のまま放置してあるらしい。

「けれど、山は雑木がいいです。ホラ、見てやってください。いくら眺めていても見飽きがしないでしょ。あれが美ですよ。植林なんかしたらもういかん」

彼はこうもいった。

「山は山らしく、在るべきようになってますからね。ここに住めて幸福ですよ。今の目標は、働いて、あの家と敷地を買いとることです——」

ばれてもともと

「ドリルって、どこに売ってるかしら――」

と南田洋子さんがいう。

固いものに穴をあけたりする、あのドリルならば、

「――日曜大工の店にいけば、近頃はあるンじゃないですか」

「小型のでね。電池で動くようなのが、欲しいの」

「ふうん、ドリルに使用するような強力な電池があるかなァ」

「そうかしらね」

「どうするの」

「いつも持って歩きたいの」

「――なるほど」

颱風の夜、私たちは彼女の家の半地下のゲーム室で風の音をききながらコーヒーをすすって

いた。

「つまり、地震対策というわけね」

「あたし、水も買いましたよ、携帯食糧も。でもそういうものだけじゃなくて、まだいろいろ必要なのね。それなのに必要なものがちっとも開発されてないみたいで、自分でひとつひとつ探さなくちゃならないわ」

たしかに、外国の地震のニュースなどを見ていると、崩れた建築物の下に埋まってしまって、生埋め同様、乃至は下敷きのまま何日も細々と生き長らえるなんていう状景がある。あれは怖い。たえず携帯できる小型ドリルがかりにあって、非常のときの役にどれほどたつかどうかは別にして、当然、ドリルや小型ハンマーを手に入れたいという考えに至るはずなのに、私は今までそういう発想がついぞ湧かなかった。

もっとも私は、ドリルどころか、水も食糧も用意しないし、何ひとつ地震対策らしいものをしない。地震による災害は、いつか必らずあると思っている。また、戦争育ちだから、非常のときになって、日常品のひとつひとつがどれほど貴重なものになるかも、骨身にしみて知っている。地震で死ぬなら天命だ、などという軽口を叩いているわけでもない。

にもかかわらず、何もしない。こういうのは怠慢というだけのことで、いざとなって自分になんの申し開きもできない。

けれども、そこを前提としていえば、水や食糧を買いこんで、それでなんとなく用意をすませたように思っている人人も、結局のところ、怠慢に侵されている点では私と五十歩百歩のように思う。ただの概念でいくらか気持を安んじているだけであって、実際には、非常の際に必要なものがたくさんあろう。

南田洋子の、ドリル、という発想はユニークであると同時に、物事を丁寧に考えることの証拠であるように思う。彼女は今、テレビの仕事で毎週五日間は大阪でホテル暮しをしているが、中之島の某ホテルにしか泊らない。その理由は、このホテルの建築が比較的本格的に思えることと、隣りが小学校、前が河で、空間に囲まれているからだそうだ。そうして、そこで、ドアが開かなくなった場合、壁と一緒に倒された場合、いろいろの場合を想定して七つ道具を持たなければならぬ、と考える。危ないのは東海だ、関東だ、といわれても、そういう説を思いこまずに、大阪でそう考える。しかも彼女はべつに地震恐怖症におちいってだけいるわけではない。彼女にとって地震は、我々同様、今のところさりげない恐怖でしかない。だから、多分、仕事や家庭や、さまざまな事柄のひとつひとつを丁寧に考えることのできる人なのであろう。こういう丁寧さというものは私などおおいに見習うべきところで、いくら丁寧にしてもしすぎることはない。

嵐の中を南田家を辞して、深夜タクシーを我が巣に走らせる。風に逆らって走るとき、車がよたよたと左右にぶれるのを感じる。すると女房がときどき呟く言葉を思い出した。――嵐の晩はきっと家に居ないのね。地震の晩もね。それから引越の晩も。居てほしいと思うときは、きっとね。

それでいくらか手柄顔に家に立ち戻ったが、女房は寐てるのか、ベッドで身をすくませているのか、現われない。そそくさと仕事机の前に坐ってしばらく風の音をきく。

屋根の上にあるテレビのためのアンテナが倒れたらしく大きな音をたてる。その音をきっかけにして女房が私の部屋に来た。

「Kさん、どうやら命だけはとりとめたらしいわ」

「――電話があったのか」

「Sさんからね。――倒れないかしら」

「――家がか？」

「いかにも倒れそうな恰好よ、この家。ほら、揺れてるわ」

「倒れたらその恰好で寐りゃァいい」

Kは関西で一級品と謳われたばくち打ちで、近頃は東京に出て来ていたが、先頃、交通事故にあった。箱根で常盆があり、朝近く若い衆に運転させ東京に帰る途中の奇禍で、峠道にさしかかった時、無免許の若者の車がまともに前から来、あわてて避けようとして横っ腹にぶつけられた。後部座席で身体を横にして寐入りかけていたKの頭部の方に当った。一瞬、——何したんや！　とKが叫び、畜生、当てられちゃって、と若い衆が外に飛びだしかけたが、

「足、ないわ——」

びっくりして若い衆が見ると、Kの身体に異常はなく見える。

それでも、もう一度、

「足、ないでェ」

そういってKは悶絶したという。

女房の話では、植物人間になることだけはやっとまぬかれたらしいが、下半身麻痺、便もたれ流しらしい。とにかく一瞬のことで、彼自身とことん気にいっていた生き方を失ってしまった。Kは強制的に入らされる車の保険以外に、何ひとつ保険に入っていない。

私も、天災にしろ事故にしろ、ほとんど無防備の生活をしている。子供が居ないせいもあるけれど、蓄えも作ろうとしない。無考えであり怠慢であるけれど、どうもそれだけではないらしい。災害というものに対してなんとなくあっけらかんとした気構えがある。もちろん一言でわりきるわけにはいかないし、平常からそんな言葉を用意しているわけではないのだけれど、いざ悪い目をひいてしまったとき、内心のどこかで、

（——ばれてもともとさ！）

と思いそうな気がする。

四十年前の東京空襲の頃、今日焼け出されるか明日焼け出されるかと思っていて、よく考えてみると、個人的には家を誰かに焼き払われるようなことは何ひとつした覚えがないが、さほど不条理と感じなかった。これが戦争というものか、と思った。それで、何もかもパーになって、もとっこさ、という気持が生じた。あれはどういうことだろうか。実際、戦争の勝ち負けとか日常の不充足とかとはべつに、薙ぎ払われた焼跡の生活が妙にすがすがしく自然に思えたものだ。

今でもその印象は消えない。みっしり建った建物や、ありあまる物資が、余分な飾りに見える。もとっこのところは、あれじゃないか。戻るのは怖いけれども、いつか戻らざるをえないようでもあるようだ。

或いはそう思いやすい体質もあるのかもしれない。ばれてもともとなのだから、そうなるまで、できるだけいろいろなものをかすめとっておこう。

だからどうも、諸事にわたって丁寧な処理というものができにくい。要点から要点の生き方になる。私とほぼ似たような年齢のKも、彼流に呑み打ち買い、破戒であろうと彼の要点だけの生き方だったが、私もほぼ同じように、自分の要点だけを気合でしのいできた。私たちのようなタイプに共通なのは、かすめとって生きている以上、ばれてもともとだが、これが身のほどなどということは考えない。

要点だけで勝手に生きてきて、それで充足したかというと、なにそんなこともない。絶えず隙間風が吹き抜けているのであるが、もうここまできたら容易なことではペースを変えられない。変るとすれば、もう一度もとっこのところへ帰ることか。そう思うと、天災や事故が、なんだか生き生きしたもののように思えてくる。私はKの不幸を、さほど同情していない。

Kを病院に見舞ったSの話によると、Kは下半身を見放されたばかりでないらしく、両腕のリハビリテーションを寐たまま細々とやっていたが、Sを見て、

「おめこ、やれんようになってしまってよ！」

頓狂な声を張りあげて、まずそういったそうだ。

養女の日常

私は物事にあまり見境いをつけない方だから、ともすれば家族も他人もごちゃまぜにして暮したくなる。どちらかといえば、家の中も、外と同じように、さまざまな人で充満している方が好ましい。もっともカミさんはやっぱりひとつの仕切りを設けたいらしいから、私のやり方でどこまでも伸び拡がるということにはならないが。

それでもなんとなく手伝ってくれたり、手足を伸ばしたりして帰っていく若い人たちが何人か居る。歴代の名簿をつくればけっこうな数になるだろう。来客に紹介するときは、

「うちの養女でね。この人は十三人目の養女——」

などという。まァシャレであるが、養女ばかりでなく、養子も多い。中には養父という人も居る。定職のある人は仕事の合間に、フリーの人はこちらのスキを狙って来る。しょっちゅう来ていて、ある日、都合で去っていったりするが、またいつか来るようになるかもしれないから、けじめがつくという感じはない。

飛び立っていった養子養女たちがどうやって生きているか、わからないことの方が多い。昨年、夜の新宿を歩いていたら、ばたばたっと走り寄ってきた女が居て、しばらく立話をした。私は一緒に居た友人に、

「あの子も、養女の一人でね――」

と説明した。昔、私のところに毎日のように来ていた頃は画学生だったが、今は、派手なネオンをつけた店で働いているらしい。

それからほぼ一年の間に、二度、その店の前を通った。入っていったことはないが、二度とも、まだ居るのだろうか、と思って眼がそちらの方に行く。

それはそうとついこの間、カミさんが四五日家をあけることになって、比較的新しい養女のA嬢が家事の手伝いがてら毎日来てくれた。A嬢は大学を優秀な成績で出て、二三年勤めたが、感じるところあって脱サラを実行し、このところは臨時の仕事をときおりしながらマイペースの生活に徹している。けれども地方の親もとを離れてのまったくの一人暮しであるから、なにかと思うにまかせない条件もあるだろうと思う。カミさんが居ない間、当方も助けてもらい、同時になにがしかの経済的な応援もしようというわけである。

なんだか彼女の悪口をのべるようで心苦しいが、その数日の間、あまり物驚きをしない私が、何度か驚かされた。重箱の隅をつつくような些細なことではあるが、ちょっとそれを列記して

みたい。

　A嬢は自宅では自転車で飛び歩いている由なので、カミさんの自転車で買い物に行って貰ったが、どうも自分用のでないと乗りにくい、といってまもなく帰ってきた。私の家は商店街に遠く、四方に点点とあるなじみの店に歩いていくのは骨が折れる。それで私が買い出しに行った。もっとも私はもともと買い出しは好きで、平生でも時間に余裕があれば自分で行くから苦にはならない。お米だけといでおいてくれ、といって出かけた。

　私が買ってきた物の中に、殻つきの天豆《そらまめ》があったが、彼女がそれを見て、不意に笑い出した。

「こんなもの、どうするんですか」

「どうするって、お酒のつまみさ。うまいよ」

　A嬢は笑いやまない。

「ああそうか、殻を剝いた奴を買ってくるのか」

「いいえ、買いません」

「何故——」

「お豆みたいなもの、嫌いですから」

　その天豆は強火であおるように茹でたらしく、煮えすぎと生煮えがまだらになったような形で現われた。聞くと、ガスはいつも全開にして使っているという。

それで私はあきらめて自分で料理の支度にとりかかった。しかしそのときすでに、米は、ぐと同時に火をつけられて、無惨に固煮えになっていた。

しかし、A嬢は途方もなく浮わついた娘などではないのである。それどころか、とても内向的な物堅いお嬢さんで、私はもう何年も前から職場での彼女の静かな動きを好ましく眺めていたのだ。A嬢はまた内外の文学書をよく読み、その選択もかなりレベルが高く、コーヒーを呑みながら小説の話などになると、はるかに年上の私が一生懸命に言葉を選んでしゃべらなければならなくなるようなことになる。そうして私にはあらわにいわないが、できたら自分もいつか小説を書いてみたいと思っているようである。

私のカミさんも一緒になった頃は、料理などまるで知らなかった。けれどもA嬢は、カミさんとちがって俗にいうインテリなのである。

それでA嬢も、料理するより他人の造った物を喰べることの方が好きだが、一人暮しだから、とにかく折り折りには自分流のものを造っているという。

「あのね、俺はもう年だからね、この先何回食事ができるだろうかと思う。何回だかわからないけれども、とにかく有限の一回だから、贅沢というのじゃなくて、いいかげんでないものを喰いたい。食事ばかりじゃなくて、何事につけ、できたら、仕事と同じように、気を入れてやりたい。なかなかそうもいかないがね」

「なんだか、ご迷惑かけちゃったようで、すみません」

と彼女はいった。そういわれると私が、うまいのまずいのと不服をいっているようで心苦しい。

「いや、料理の話じゃないんだ。貴女は若いからその実感はないだろう。でもこの部屋にたった二人しか居なくて、もうそれだけ実感がちがう。そのことをなめない方がいい。その癖がつくと貴女が今後やろうとすることがみんな不正確で雑なものになってしまうからね」

A嬢はまず自分の日常をなめて、恣意的なものにした。自分一人の生活の中では特に破綻はおこらぬし、個性的にも見えたであろう。その点では私も大同小異だ。しかし他人の日常に入る折りに、感性をいったん原則に押し戻さなかったために、自分のと同じく私の日常をもなめることになった。その方向があぶない。そうして彼女の教養や志向するものと、日常次元を切り離して考えているために、どちらが大動脈で、どちらが末梢血管か錯誤してしまうようなことになっている。

A嬢は辛そうな顔で私の説教をきいていた。辛そうな顔をされると、私も柄になく我が身を忘れた大言を吐いているようでやりきれなくなった。

たったひとつの選択

どういう死にかたがよいか、と考えても、若い娘に理想の男性を訊くのと似て、やがて直面した死にかたをするより仕方がないから、無駄な考えに近い。

私は父親の不惑すぎの子供で、物心ついたときにすでに父親に老いを感じていたから、いつかわからぬが近い将来父親が死に、いつか自分もそれを踏襲していくのだと思わざるをえない。だから子供の頃から死というものを持てあまし気味にいつも考えていた。

それであっというまに五十を越した。私は来世というものを信じられないから、死を納得するのは容易でない。けれども、自分の身体が日に日に衰えていくのが呑みこめるし、多分疲れても居るのだろう。昨今は、それが、なんだかあたたかい夜具の中にでも身体を入りこませるもののように思えてきた。

同年代の友人にそういうと、

「それはイヤな考えだな。子供が居ないからそんなことを思うのだろう」

といわれた。しかし私が幼い頃から馴染み親しんだ人の多くは、もうこの世に居ない。来世は信じないけれど、まんざら見知らぬ所へ行くのでもないような気がする。

それとはべつに、一生というものがこんなに短いとも思わなかった。芝居でいうと、一幕目が終るかどうかという頃合いに、もう残り時間がすくなくなっている。

私が何歳まで生きることができるか知らないが、たとえ何歳まで生きるにせよ、私の仕事である小説を書くという作業に必要なコンディションを維持するには、六十歳までくらいが限度であろう。それ以上生きることができたとしても、体力気力に相当なハンデがつく。

すると私が仕事ができるのは、あと五六年しかない。これが口惜《くや》しい。若い頃はそう考えずに、手早く小さくまとめようとしないでできるだけ時間をかけようとした。私は頭でこしらえる方でないから、できるだけじっくり生きて、自然に身からにじみだすのを待たなければならない。それが今はもうそんな悠長なことはできない。

たとえば十年かけてまとまる仕事を、駈足で二年でやったとて、私のようなタイプはろくなものができないのである。

すると、五年以内でまとまるようなテーマだけを手がけていくべきなのであるか。

それとも、終点のことは考えず、あくまで十年がかりの仕事を手がけていって、途中で討死するのが人らしいことなのか。

いずれにせよ、一生をかけて、自分は何かを実らせるというところまでは行きつかないらしい。多分、多くの人がそうなのだろう。その点はせつないが、それなのに、死ということをあまり大仰に考えなくなったのはどういうわけだろう。

無責任のようだが、死んで、あとかたも残らなくてやむをえない。どうせ死ぬなら、むしろそうあってほしい。死んだ後も魂がゆらゆら漂うなどはごめんこうむりたい。

今はまだ安楽死が許されていないから、たったひとつ自分で選べる死に方は、自殺である。やっぱり若い頃、私は自殺に対する抵抗力はかなりあると思っていた。これ以上恥をかきようのないどん底を早くに経験していたから。けれどもそんなことはぜんぜん当てにならない。もしピストルがあったら、すぐさま死んでいたにちがいないであろうということが、近年だけでも三度ある。一度などは、死のうと思って九州の涯まで出かけたくらいである。

私の友人でも、若い頃かなり強い生き方をしてきた人で、初老を迎えてなかば自殺に思える死に方をしているのが何人もある。それぞれ理由があって、自分から体調をこわし死に近づいてしまった。大きな声ではいえないが、私も、生死のことなどあまり大仰に考えたくない。

エジプトの水

私はどうも自然というものが嫌いな男で、日本人としては珍しいタイプなのではないかと思う。月、雪、花、山、海、川、みんな嫌いだ。嫌いというのは、憎らしいという意味ではなく、怖い、というのに近い。

山が怖い。海が怖い。空も怖い。雲というものが、実に嫌だ。自分より大きく感じられるものはすべて怖い。

春が来ると、春は実に嫌だと思う。埃っぽくて、風が吹いて、私は長髪だからしょっちゅう眼の前にこぼれてくる髪を追っぱらっていなければならない。

桜の花がきれいだという人の気持が知れない。あんなもの（というほど軽蔑しているわけではないが）埃の色と同じではないか。

夏は暑くてだるい。

冬はなにをするにもおっくうで働く気がおきない。

では秋がいいかというと、秋は秋でうすら気味がわるい。どこか不吉な臭いがする。四季なんてものはなければいい。しかしまた、眼のまわりの変化が何もなくて、温度も湿度も変らず、世界はこれきりということになってしまうと、息がつまってしまうかもしれない。どうも不平たらたらのようであるが、改まっていえばというだけの話で、ふだんは尋常な顔をして生きている。気に入らないといっても先方が相手にしないから、かえって安心して悪口がいえる。

日本は四季というものが小ぢんまりとあって、箱庭のような風情を楽しむことができるが、外地の空を飛ぶと、自然というものが人間の都合に合わせてくれてるんじゃないということがしみじみわかる。

空から見ると平地なんてものは実にすくない。山か砂漠か雪原で、緑はごく一部だ。エジプトの砂漠の中にナイル河が一本通っていて、その河の両側に、帯のように緑の地帯がある。だから水が相当に吸われていて、河が流れているうちにどこかで水がなくなりそうなものだけれども、河の水の方はそ知らぬ風情で悠悠と流れている。

河を尊敬するという概念が生じるのももっともだと思うが、私ならやはり、こういうものは好きになれない。河がなければ我我の生活も成立しないということであっても、それだから憎憎しい。

私がカイロを訪れていたのは、向こうの季節感でいうと春のはじめ頃だったが、それでも日中は五十度を越していた。タクシーのクーラーが発動しない。クーラーをフル廻転させてもすぐにこわれてしまうのだという。

それで窓をあけると、火傷をしそうな熱風が吹きこんでくる。

もっとも、アラブの石油王たちは、こういうカイロに避暑に来ているのである。

庶民たちは日中はみんな死んだように家の中で眠っていて、朝と夕方、わずかに働く。そうして夜は遊ぶのである。

遊ぶといっても、家の中から往来に出てきて、三三五五、ただ立ちつくしているだけだ。空には夕月が光り、道ばたの並木の葉に群がった鳥たちがシャーシャー鳴く。この時間は涼風が吹き、灼熱の気を払ってくれる。彼等だってたまにはハッシシパーティをやったり、地酒を呑んだりするのだろうが、何もしないで立ちつくしていたって、これはこれで快適なのだ。

これが早春なのだから、夏はどんなだろうと思うけれども、しかしこういう自然の方がなにか納得できるものがあるな。すくなくとも、ここでは、みんなが、自然と仲よくしようなんて思ってない。なだめたりすかしたり、だましたり、しながらこすっからく生きている。

エジプトでは、だますということは悪徳ではないらしい。街の中でも小さいことで皆だましっこをやっている。だましとった方が実に誇らしげな顔をする。ちょうどマージャンで満貫をあがったときのように。

タクシーの若い運転手と仲よくなって、毎日、ホテルの前で客待ちしている彼の車を使った。街のはずれの砂漠の中で、パンクをしてしまい、彼はいそいで別の車を探してくるからといって、どこかへ立ち去った。

夕方近かったがまだ暑い。砂漠の中でこのまま立往生ではどうなるかな、と思ったし、置いてけぼりの可能性も非常にあるような気がした。ところが二十分ほどして、別のタクシーの助手席に乗って、彼が来てくれた。

彼はその運転手に交渉して、そこからの運賃を支払うように話をまとめ、自分は一銭もとらなかった。日本ならば、まァ普通のことかもしれないが、なにしろエジプトである。

あとで私の同行者が、ホテルのマネジャーに彼のことを話して賞め讃えた。

マネジャーが苦く笑って、

「——だから、あいつは駄目なんだ」

と吐き出すようにいったという。

生水を呑むと下痢をするから、といわれてずっとミネラルウォーターを呑んでいた。けれどもエジプトでもアラブでも、始終下痢をしていた。あるとき半円型のカウンターがある店で、ふと見ると、ミネラルウォーターの空瓶に水道の水を入れて持ってくるのが眼に入った。

こういうことも含めて、どうも私は、向こうの人間の生き方の方が、本筋じゃないかと思うことがある。もっともそれが気に入るというわけではないが。

物忘れ

私は子供を作らなかったので、どうも自分の年齢というものを、あまり意識しない。子供のない私が、想像でいうだけだけれど、もし子供があったら、親という立場ができるわけで、その子がだんだん育つにつれて、小学生の父親、中学生の父親、大学生の父親というふうに、いやでも自分の年齢を意識し、年齢相応の態度をとるようなことになるのではないかと思う。

もうひとつ、私は居職で人なかにあまり出ないから、年齢相応の自分の地位というものがない。まァ自分流儀に生きているだけのことなので、自分が不良少年のつもりなら、いくつになっても不良少年で居られないこともない。

だから私にとって、正月と、自分の誕生日(近年は忘れてすごしてしまうことが多いが)のときが、しみじみ自分の年齢を思いおこさせるときだ。それはおおむね愉快なことではない。

三十、四十、五十、とくに五十の声をきいたときには、本当にうろたえた。自分が五十歳になるなんて、納得がいかない。

多分、そんなことが下敷になっているのだろうが、平常はなかば意識的に年齢を忘れようとする。服装なども年齢不詳のものを着ていることが多い。私は家ではほとんどパジャマである。そうして編集の若い人たちと一緒のつもりで馬鹿話に興じている。

昔の人の写真で、カイゼル髭を生やしたり、顎髭を伸ばしたり、年齢相応の重みをつけようとしているのを見て、不思議でならない。もっとも、若い人に混じっていても、相手は私を五十男と思っているのであろうが。

私ばかりでなく、フリーランサーの友人知人には、たいがい年齢不詳にこだわる傾向があるようだ。酒場などでの会話をきいていても、自分が一番適当と思う年齢を演じ続けているようである。よくいえば稚気横溢だけれども、わるくいえば、父《と》っちゃん小僧だ。

先日、大阪の天神祭りを見物に出かけて、大雨に降られ、ズブ濡れになって、結局、予定していた乗合舟にも乗らず、たった一軒開いていたソバ屋で上衣やシャツを乾かしてもらった。近くのテレビ局の玄関まで車を呼んだけれども、タクシーもハイヤーも祭りで出払っていて、なかなか来ない。私どもの一行は、小説家、漫画家、歌手など七八人で、いそがしい連中ばかりが、やりくりして東京から来たのだった。

雨がやんだので、テレビ局の前の路上で、おもいおもいにしゃがんでいた。

「――仕事場に居りゃァ、なんとか稼げる連中が、なんでこんなところでぼやっとしてるのかね」

誰かがそういって、皆笑ったが、しかし、俺たちだってまだこういうばかばかしいことができるんだぞ、という顔にもなっていた。

実際、その夜、誰も本格的に不平をいわなかったのは、若者気分になっていたからだろう。私どもは若者気分のまま、映画やテレビや音楽や、たわいのない話を次から次へと続けた。ところが、疲れていたせいか、私などは、ほとんどの固有名詞が口をついて出てこないのである。

ゲイリー・クーパーという名が出てこない。さんざん皆に助けてもらって、やっとその人名は片づいた。すぐ次に、ビリイ・ワイルダーという名が出ない。ジャズのカウント・ベイシーを度忘れしている。

物忘れがひどくなっていることは重重感じている。老眼鏡などはしょっちゅう探しているし、原稿を書いていても、言葉の度忘れが多い。文字は辞書をひけばよいが、言葉を忘れると、辞書のひきようがない。先日は、ヘリコプターが出なくて一人で大騒ぎした。

けれども私どもの年代で、ゲイリー・クーパーなどは、考えこむ名詞ではない。いくら年齢不詳を装っても、生理から来る老いは避けようがないのが哀しい。

血の貯金、運の貯金

うんと小さい頃、人生というものは、生れて、育って、そして死ぬのだ、というふうに思った。どうしてかというと、私は父の四十すぎの初子で、父と母は年齢が二十も離れている。私の子供の頃、父は五十すぎで、母は三十ちょっと。すると、父と私のちょうどまん中のところに母が居ることになる。幼いのと、まァ盛りのと、衰えはじめたのが、家の中に顔つきあわせて居るのだから、これは図式的に非常にわかりやすい。

家長である父は、退役軍人で家の中で一人で威勢を張っているが、同時に衰えはじめて死に向かっている人であり、その父に組み敷かれている母は、生命力の豊かさを隠そうにも隠しきれない。どうも人間というものはすべてうまいことずくめにはいかないものだなァ、という感じを受ける。そうして同時に、矛盾論ではないが、威勢と衰え、服従と生気、相反するものが微妙なバランスを保っている、それがこの世というものだ、というふうな認識を持った。

一方私は、頭の恰好がいびつで、子供の頃奇型意識のようなものを自分で育てていた。自分も、優れたもの、美しいものになりたいが、頭の恰好がわるくては、スタートからもうその資格がなくて、どんなにがんばっても洗練にほど遠いものにしかなれない、と思いこんでいた。で、学校のように、皆を横一線に並べて教育するような場所は辛い。他の子は頭が不恰好でない。だから頭の不恰好な者の生き方は先生が教えてくれない。劣等感は主観的なもので、他人の判断はまるで役に立たない。

それで子供の私が、何よりも必要としたのは、人生とは何か、ではなくて、自分はどんなふうに生きていくか、だった。

この答えは、子供の間じゅう、出てこなかった。出てこないままに、やぶれかぶれで、ただ自分の気質に合うことだけをしていた。

大きくなったら、何になる——?

という大人の明かるい質問が、私にもときおり来たが、私にとっては、

どんな大人にならなれるだろうか、

という問いの方がもっと切実に心を占めていた。どう考えても、大人としてちゃんと恰好がつくようになれるとは思えない。

私の発育期は、戦争がそっくりダブっており、お国のために戦って死ね、という思想(のようなもの)が世間の中核を占めていた。私が子供としては珍しくその考えに同調しなかったの

は、一つは、生まれて、育って、そして死ぬ、ことが人生なら、途中で死ぬことを課されるのは非人生的なことだという思いがあったこと。もう一つは、他の皆と横一線に並ばされることを、何より苦痛に思っていたからだ。私はその前に、落伍者乃至失格者なのだと思っていた。それで、自分も、他の皆と同じような権利を持つことを恥じた。失格者なのだから、皆と競争はできない。自分を主張してはいけない。

私は劣等生であることに、安らぎのようなものを覚えた。本来の劣等である部分に加えて、みずから劣等ぶりを演じた。自分の生き方はここにしかない、というふうにも一時思っていたけれども、それは子供の私の行動半径での話で、戦時体制の波は私個人などにおかまいなく押し寄せてくる。私はゲートルを巻き、木銃をかつぎ、工場に動員された。その点では皆と横一線だったけれど、内容が私の場合ひどく劣等で、

気をつけ――！

と号令がかかると、なぜか笑ってしまう。緊張が笑いを誘発する。殴られても蹴られても同じことで、緊張と笑いというような矛盾は同居しているのが自然だという内心もあるけれど、それが建前ではないことはわかっているから、なんとか雰囲気に合わせようと思うけれども、やっぱり駄目。一事が万事、緊張一途になれなくて、劣等というより、問題外というあつかいを教師から受けた。

教室で教師が質問をする場合にも、席の順に指名していって、私だけ無視されて飛び越してしまう。それはとても哀しいことだったけれど、一方また、これが正当なあつかいだと納得する気持もある。

そういうことの積み重ねがだんだん深まっていって、負け戦さが見えてきた頃、中学を無期停学ということになった。直接のきっかけは、級友や工場の人たちと作っていたガリ版の雑誌が配属将校にみつかったことで、発行兼編集人の私が、戦争非協力という罪名を教師から申しわたされるのだが、平常の私の素行が加味されての話で、まことにもっともな罪名だったと思う。

けれども私は、反戦というにはあまりに子供っぽく、生理的で、厭戦、というべきなのだろうが、それも厳密にいうとちがったように思う。私は反戦にも厭戦にも忠実でなくて、ただ単に私の生理で生きていこうとしていたらしい。

戦争に対してどんなふうに思っていたかというと、幼時にひょいと覚った矛盾論式の考えの影響で、聖戦にしろ、平和にしろ、それぞれ幾重もの矛盾で成り立っているもので、それだけのことだから、あるべきようにあるしかしようがないのだろうと思っていた。ただ自分としては、どちらか一方の火の玉にはならなくてすめばそれにこしたことはないと思っていた。

当時の無期停学というのは、退学より重い罰で、退学は転校できるが、無期停学は無期懲役みたいなもので、追って沙汰あるまで謹慎すべし、ということである。思いがけず、戦争が終ったが、その直前の春には級友は卒業して上級学校に行っており、私だけ、落第でもなく半端な恰好でとり残された。

その最中の敗戦で、実に幸運だったと思う。あんな幸運というものはめったにないので、当時、これで私の持ち運のすべてを使いはたしてしまったかもしれないな、と思った。実際、もう一二年、戦争が続いていたら、皆と同じ悲運のみならず、私は私独特の苦境を迎えただろう。

生まれて、育って、そして死ぬ、という認識は、成人するにつれて、少し字句が増えて、生まれて、育って、盛りを迎え、それが原因で、衰える、という認識に変った。でも根本は同じようなもので、ほとんど今日まで変らない。

私自身の生き方に関しては、人生如何に生くべきか、というよりも、自分はこう生きるより仕方がない、これ以外には生きようがない、とみきわめがつく生き方をしよう、そういうふうに思っていて、それは決意のようなものになっている。

それで、その行為を選ぶ前に、じっと立ちどまって長いこと自問自答する。まるで亀のように愚鈍だが、他の人の例は参考にならない。自分の在り方を決定するのは、自分だけだ。もっともそれもなかなか自分ではたしかめられない。考えるといったって、何を考えたらよいのかわからなくなってしまう。

結局、自分の本能、気質、そんなものが決定権を握ることが多い。自分は、よかれあしかれ、他人とちがう。他人と一律には考えられない。それは頭の恰好に劣等感を持った幼時につかんだものだ。

けれどもそれは他人に対して説得力を持たない。あくまでも自分本位のことで、失敗しても自分だけのことだ。

だから、かりに他人から、人生観は、と問われても私は何も答えられない。自分には、自分だけの、これしかないという生き方があるだけだ、ということになってしまう。

どうも無責任なようだが、近年、私は、人間はすくなくとも、三代か四代、そのくらいの長い時間をかけて造りあげるものだ、という気がしてならない。生まれてしまってから、矯正できるようなことは、たいしたことではないので、根本はもう矯正できない。だから何代もの血の貯金、運の貯金が大切なことのように思う。

さらにいえば、人間には、貯蓄型の人生を送る人と、消費型の人生を送る人とあって、自分の努力がそのまま報いられない一生を送っても、それが運の貯蓄となるようだ。多くの人は運を貯蓄していって、どこかで消費型の男が現われて花を咲かせる。わりに合わないけれども、我我は三代か五代後の子孫のために、こつこつ運を貯めこむことになるか。

どうも、人生観の訂正という註文で記しだしたけれど、私の場合、あまり大きな訂正の経験がないようである。もちろん、これは好運ということが前提としてある。私がいくら我を張ろうと、戦争がもう少し長びけば、ただの青年男子として一律に生き死にをしていただろう。

そのかわり、今日でも、あいかわらず失格者のままである。頭の恰好の問題は、成人するにつれて、人は皆それぞれ固有の弱みを持っているものだ、というふうに思えてきたが、感性の癖というものはもう直らない。

私は今でも、権利という言葉に弱い。生きる権利も含めて、自分には何の権利もないのだと思っている。ただ我を張って生きているだけだ。どうもくだらない男だ。しかし、私はこういうふうにしか生きられなかった。他の、もっといい生き方はできない。くだらなくとも、運良く生きていられるだけで、幸甚である。

「離婚」と直木賞

はじめてこの雑誌（別冊文藝春秋）が、文藝春秋の小説特集号として出だした頃、錚々たる大家ばかり並んだ肉の厚い小説誌で、自分もこういう雑誌に小説を書かせてもらうようになれないかなァ、と夢のようなことを思ったりした。けれどもその頃自分はまだ小説書きになるなんて思ってもいなかった。

それから月日が矢のようにすぎて、いつのまにか私にも小説のお声がかかってきたが、その頃は、大家の作品と並行して、直木賞を目標にしている若手の力作を毎号何本かのせるようになっていた。

私が締切りにおくれて難行していると、

「別冊文春の仕事がおくれるようじゃいけませんね」

と他社の編集者に叱られたことがある。

「あそこは直木賞のための幼年学校か士官学校みたいなものですからね。皆、若手は自信作を持ちこんでますよ。貴方、士官学校から招待状が来たんだからがんばらにゃァ」

そういわれてみると、直木賞候補になるような若手を何人か、いつも集中的に使っているようだった。現に私も、この別冊文春にのせて貰った『離婚』という小説で直木賞をいただいている。

その前年度に、別の社から出した短篇集がはじめて候補になり、落選した。そのとき、赤塚不二夫さんから、

「貴方、いい編集者を持ってるねえ」

といわれた。当時、週刊文春で私の担当をしてくれていた中本君という編集者が、赤塚さんの所で私の落選を知って、涙を流してくれたという。

「自分の雑誌にのせた作品ならともかく、そうでないのに、落ちたといって泣いてくれる編集者はなかなかいないよ。彼を大事にしなくちゃ」

本当にそうだと思う。以来、中本君には頭があがらない。

『離婚』が賞をいただいたときには編集長の豊田健次さんがそれこそ泣かんばかりに喜んでくれた。豊田さんが私淑している山口瞳さんも発表の夜にわざわざ記者会見場まで駈けつけてくださった。以来私も、親しい人の受賞のときにはすぐに駈けつけるようにしている。

『離婚』は賞など意識しないで書いた軽いタッチの作品だが、案外にそれがよかったのかもし

れない。ところがこの小説が雑誌にのったとき、女房がへそをまげた。登場する妻君を、自分だと思われてしまう、という。

たしかに私たちは離婚寸前まで行き、別居もしていたことがある。区役所に離婚届を出しに行って、昼休みだったので、時間つぶしに二人で焼鳥屋に入り、酒を呑んだ。ところが女房がしくしく泣きだした。今さらどうしたんだ、という気持でこちらもしらける。

焼鳥屋の主人がそばに来て、

「いい年齢して、女を泣かすもんじゃないよ、ほんとうに。あんたには酒も売りたくないねえ」

と叱られた。それで、というわけでもないが、そのまま区役所に寄らずに帰ってきてしまった。

女房にいわせると、小説の中の自分のもののいいかたが似ている、いやそっくりだという。あたしをあんなにひどく書いて、陰険だ、ひとでなしだ。

いや、実物より魅力的に書いたつもりだが、というとますます怒る。まァ、現実のディテールをずいぶん活用させて貰ったが、実際でないところもある。なお悪い、と女房は怒るが、あの小説はわりにはっきりしたテーマがあって、ま、キザだが、結婚の資格、乃至は市民の資格を喪失しているくせに離れがたい男女を材料に、愛の原型みたいなものを探ってみるつもりだった。だからディテールは活用しているが、モデル忠実小説ではないのである。

それでも来客の中には、女房を見て、ああこれがあの彼女か、と納得する向きがあって、そのたびに女房を刺戟する。やっと、その嵐がすぎたと思ったら、直木賞になってしまって、また一段と女房の不機嫌が募った。

編集者たちには有名な逸話だが、直木賞の発表の夜、私は外で原稿を書いていて、自宅は女房一人だった。

受賞の電話が入って、おめでとうございます、といわれたとき、

「あたしが貰ったんじゃありませんわ」

と女房が前代未聞のセリフをいったという。それには以上の理由があったわけである。

それからしばらく、来る客ごとに、『離婚』の話が出る。お世辞半分でいってくれるのだが、そのたびに女房の顔が曇る。中には本気で心配してくれて、

「悪妻ねえ、もう少し旦那さんにやさしくしないと駄目よ」

と忠告してくれる女友達が居たりする。女房にいわせれば、亭主も悪亭なのだ、といいたいし、それは当方も認めているのだが、外側からは悪妻の方ばかり目立つらしい。

受賞は嬉しいが、『離婚』ではない他の作品で受賞したかった。今でも、どうも具合がわるい。

本誌のことを記そうとして、脇へそれてしまったが、別冊文春は今でも肉厚の小説誌だと思っている。私にとって、非常に書き易い雑誌だ、というのは季刊で、せかせかせずにすむし、挿画がないので絵組という厄介なものを作らずにすむ。発表舞台の頻度でいうと、この雑誌が私は一番多いのではなかろうか。

霊柩車が欲しい

来客に、ぼくはもう駄目だ、というと、また口癖がはじまった、と笑われる。なるほど二十年くらい前からいいはじめて、偶然、長続きしているけれど、あの当時でも本当に駄目であった。しかし駄目にも奥行きがあって、年に再々、改めてもう駄目だという気分になる。

それは四六時中、私と一緒に居ないとわからない。私は深刻な病人なのだけれど、一応常人のように起きてうろうろしているから、その病状の深刻さが、他人にはわからない。

その証拠に、私の日常を眺め暮しているカミさんなどは、世界一の駄目男だと思っている。ナルコレプシーという病気も、おいおいと知られてきて、私のことをナルコちゃんと呼ぶバーのマダムも居るほどだけれど、何病でも同じだが、病気の苦しさは本人にしかわからない。

代表的な症状は睡眠発作だけれど、脱力症状もあるし、幻覚症状もある。苦痛が独特でなんだか文学的な病気であり、具体的に説明しがたい。健康人は、よく眠れて幸せですね、なんていう。眠りは眠りだけれども、健康人の眠りとはちがうのである。

昔は、この病気は病気とは思われなかった。そういう気質だとされて、ただ、怠け者と呼ばれていた。ものぐさ太郎という民話は、ナルコレプシー患者を描いたものであろう。外見丈夫そうなのに、ただうつらうつらとしていて働かない。しかし太郎氏も好んでそうしていたわけではないので、弁明のしようもなくて辛かっただろう。

発病期は十代前半が多いとされている。小学校の五年まで勉強ができたのに、六年になったら急にできなくなった、なんていう子が居るが、昔は悪い友人のせいだとかいわれたのが、今はこの病気だとされる。但し、初期は自然治癒が多いそうだ。

病名が知られていないせいで、今でも困るのは特に主婦の場合で、ご亭主はじめ家族が認定してくれないと、たるんでいる、というだけのことになる。医者でも専門外だとなかなかこの病気を思い出してくれない。私が折りあるたびに病名を持ちだすのは、こういう病気があることを、広く知られてほしいという意味も含んでいる。

近年になって発作をとめる薬もいろいろ開発され、薬さえ常用していれば、普通の人と変りなく働けるようになった。運転の仕事をしている人も居るほどだ。以前は、この病気になると、まず職場離脱だった。なにしろ健康人と同じシステムでは行動できないのだから。

幸いなのは、この病気は進行が緩慢なので、死病ではないことだ。この病気で死ぬ前に、たいがいは他の病気で死んでしまう。しかし、そうはいっても、病気の度合があり、人によってさまざまだ。

私のように、不摂生ばかりしていると、進行もわりに早いらしくて、我ながらかなりの重症だと思う。医者にいわせると、私ぐらいの病状で、仕事をし、さらに遊びまでするとは、奇蹟的であるらしい。

今、そのナルコレプシーに、糖尿病、高血圧、動脈硬化などが加わり、ひどい黄疸をやっているから肝臓も駄目、心臓も腎臓もよくない。二十年ほど前からそれらが全部進行している。その駄目たるや深刻である。

私の師匠の藤原審爾に妙なところが似てきて、病気や外傷の問屋みたいになった。藤原さんは妙な人で、晩年、肝硬変と宣告された直後、石川県のおいしい酒を発見して、二十年禁酒していたのに、毎日呑むようになっちまった。私もそうで、病気は病気として受けとめているが、それと無関係に不摂生するところがある。他人が病人あつかいしてくれなくても文句はいえない。

ところで、秘密にしていたが、しゃべってしまおう。発作どめの薬を何種類か常用しているが、この薬が切れた場合、今の私は癈人である。ただ横臥したきりで起き上ることもできない。だから来客の前に現われる私は、私でなくて薬のお化けなのである。どうだ、驚きましたか。

といったって、どうということもない。ただ外出が大変だ。歩いていても、喰べていても、油断するとすぐ眠ってしまう。なにしろ我が家から歩いて三四分の駅まで夕刊を買いに行って戻ると、三四十分は寐こんでしまう。来客が二組続いても息もたえだえになる。

健康人というものは、べつに悪意でもなんでもないのだけれど、健康人の尺度でものを考える。私も病気がなければおそらくそうだったろう。

夕方出かける用事がある、というと、来客が、ああそれじゃ一緒に出ましょう、といってその時間まで居る。べつにごく自然のことなのだけれど、病人としては外出の前に、出先で失態をしないように、できるだけ眠っておかなければならないし、いろいろ手順があるのである。三十分ほど自動車に乗る、というそのことが、疲労を呼んでしまうとなると、これはもう常識外のことで、といって一挙手一投足、それを説明してるわけにいかない。

先日、今、一番欲しい物は何か、と問われて、霊柩車、と答えた。

霊柩車をマイカーに欲しい。あれは横臥して乗れる。外出の往復に横臥して行けば、訪問先でどのくらい苦しまずにすむだろう。救急車も横臥していけるだろうが、同じことなら霊柩車の方が趣きがある。

実際、人との面談を楽しみに出かけてきても、そこに至るまでに身体を動かしたために、暴力的眠気に襲撃されて、五分おきに便所に立って冷水で眼を洗うなんていう状態になることがしばしばだ。

一番困るのは、知人の芝居を見に行ったとき、よほど厳重に事前の処置をしていかないと、知らぬ間に失神したり鼾をかいたりしてしまう。退屈で眠るのではなくて、病状なのだけれど、知人にも観客にも申しわけない。

なんとか努力してと思えども、この病気の暴力睡眠を我慢できた人は、世界中でまだ例がないそうである。そうであっても、失礼にはちがいない。

なんとかお金を貯めて、霊柩車を買いたい。カミさんも眼が悪くて運転は駄目だし、私も眠り病では運転は駄目だから、若い美人をそのために雇いたい。そのお金のことを考えると、また眠くなってくる。

節制しても五十歩百歩

身長　170センチ
体重　80キロ

この数字を見せなくたって、私を一瞥しただけで、人は肥りすぎだという。私にはナルコレプシーという持病があり、この病気は疲労感が常人の四倍といわれており、常人のように運動ができないうえに、常人なみの仕事をするについて疲労感を癒やすためにも過食しがちになり、肥満症が多いという。私も四十歳前後から急に肥りはじめた。

しかし、持病の関係ばかりではない。長年の不節制である。疲れれば寐るし、眼がさめれば起きて仕事をするという日常で、昼も夜も関係ない。トイレに行くくらいしか動かない日が多い。したがって脂肪が下腹部に溜る。そのうえ生来の喰いしんぼうである。近年体重は変らないが、肩や尻の肉が落ちて、その分、腹が出てきている。

いつだったか、大分以前に医者に見せたら、血圧、糖、肝、心、腎、中性脂肪、コレステロール、すべて悪いという。満足なのは胃腸だけ、それも頻繁に潰瘍ができたり直ったりの由。当然、医者はどうしろこうしろという。そのご忠言はまことにありがたいが、そのときに思った。人は健康のために生きているわけじゃない。生きるために健康でありたいだけだ。私はすでに五十八歳。幸運に恵まれて、不節制男としては過分なほど生き永らえている。自然に、元気で、長生きするならどこまでも生きたいが、無理に枝を矯めてまでして長生きしなくてよろしい。

だから、血圧がいくつか、肝臓の数値がいくつとか、医者のいう数字はまるで憶えない。不節制といっても、私ぐらいの年齢になると、特に新鮮な不節制などする体力もないし、したいとも思わない。日常的な不節制を、それも漸次おとろえているが、マイペースで不節制しているだけである。

昨今の私がしていることの中で、もっとも身体にわるいと思えるのは、仕事である。働きたくない気持をねじまげ、押し殺して机に向かう。これだけでもわるいが、眠る頃合に寐なかったり、屈託を放っておいたりする。仕事だけはしたくないけれど、私のその日暮しを支えるものであってみれば、万やむをえない。大多数の人は、疲れて、疲労が病気を呼んで死ぬのである。死因は疲労からくる身体の衰弱で、だから疲れるな、といってみたって仕方がない。

今、私の関心は、長命にはない。ほどよいところで、うまく死にたいのである。

私の父は九十七で死んだ。一部始終を眺めているが、死ぬ前の二三十年は、うまく死にたいものだといい暮していた。その気持はよくわかる。老衰という死に方は、意外に楽でない。だんだんと不自由になって、老いの哀しみを知りつくし、蠟燭の火のような意識を抱きながら、ぼろ布のようになって死ぬ。

大体、畳の上で、或いは病院で、大往生などという死に方にろくな死に方はない。事故死みたいな方が、一見むごたらしい死に方の方が、本人にとっては楽だ。

けれども、皆がそういうふうに死ねないのだから仕方がないのである。気に喰わないけれども、なるようにしかならない。

健康を保つために節制をするという考え方は、若い人のためのもので、中年をすぎてから、あわてて好きな酒や煙草をやめたりしている人を見ると、この人はいったい何を考えているのかと思う。健康を保てば死なないというのではない。五年か十年、先に伸びるだけだ。片づくものが片づかないというだけなのである。

あくせくするのなら、むしろ、うまく片づくという方角に努力すべきではないのか。

大分以前に、死に際してじたばたせずに、簡単に死ねるように、心臓を弱くしておこうと努力を重ねる男の話を小説に書いた。その男は、不節制を重ね、心臓にわるいということをやりまくったが、不運にも、身体中が悪くなって心臓だけ達者という事態を招いたけれど。

近頃、もっとも不愉快なのは、嫌煙権をふりまわす連中のことだ。四人家族で、そのうち三人までが煙草を吸わないから、一人のために三人が迷惑することはない、家計の無駄だ、そういって所帯主の喫煙を禁じたという家庭の話をきいた。女房は、これでせいせいしたといい、息子はその分を自分の小遣いに廻して貰うと喜び、所帯主は、家庭の幸福のためになんとかがんばってみると誓っているらしい。

排気ガスを撒き散らし、河を下水にし、冷暖房で地下水を消費し、森林をなくして分譲したりしながら、なにが他人の迷惑だ。

こういう女子供の発想がだんだん世の中を仕切るようになって、勇ましい生き方、大きな生き方、誇らしい生き方というものが、失われていく。人生というものが女子供のものになりつつある。ただ糞をたれて長生きするだけだ。そうして、ただおとなしい生き方を良識として後押しする権力者が居るから始末がわるい。

昔は男というものは、戦争で死ぬものだった。その戦争がなくなっているから、男の生き方というものが、徳川三百年の間の浪人のようなもので宙に浮いている。病気にならず、事故を避けていれば、皆、永遠に生きられるかのような錯覚におちいっている。

これがいけない。永遠に生きられるかのような錯覚が、人間が諸事を律し切れるような錯覚を産む。生物なんて蝿が毎年生まれかわるようなもので、たかだかそれだけのことなのだ。百年生きようと二百年生きようと、やっぱりたかだかだ。

とはいうものの、私だって、今すぐ死にたいというのではない。私のカミさんが、よくこういう。

「あんたはどうせ長生きよ。なんでも好きなことをなさい。あたしはもうあきらめてるんだから」

「何をあきらめてるんだ」

「未亡人になって、楽しく暮すこと」

「大丈夫だよ。俺は長生きしようと思ってない。もう先が見えてるし、お先に失礼するつもりだよ」

「いいえ、駄目、半身不随で三十年くらい生きるわ」

カミさんは、未亡人をあきらめて、今度はそういう期待を抱いているらしい。

それがあるから本当に困る。不運にもやっぱりそうなった人が居て、貞淑そうな夫人が、ご亭主のベッドのそばで万事世話をしている。

食事が運ばれてきて、サイドテーブルの上におかれた。

「さァ貴方、召しあがれ」

ご亭主もリハビリの効果あって、わずかながら身体を動かすことができる。大苦心して不自由な手先が、卓上の食器に届くかというときに、夫人が脚で、小卓をずゞッとずらした。

そういう恐ろしい話がある。女というものは、ただ糞をたれて長生きするだけで、生涯の仇を討つような真似をするから怖い。

どうもそう考えると私などは、早晩、全身不随におちいりそうな気がしてくる。男は妻子を喰わせるために、悪戦苦闘、運を使いはたしているから、勇ましそうなことをいっても、からきしだらしがない。

もっとも節制をしておとなしく暮したからといって、五十歩百歩なのだから、節制が幸運に通じるとは思わない。

やっぱり私は、死ぬときが来たらうまく死ねるように、そのことをひたすら研究しようと思う。その研究のためにあくせくするのなら、やむをえない。

男らしい男がいた

なつかしいねえ、あの頃が。

あの頃というのは、敗戦後の動乱期のことだ。近頃つくづくそう思う。もっとも、昔はよかったね、というのは老人の口癖で、私も年をとった証拠かもしれない。

つい昨日のことのようにも思うが、なにしろもう四十年の余もたっているんだからね。

私どものような昭和ヒトケタ生れは、敗戦時が十六歳。若かったし、青春という奴のまっ最中だった。どんな時代であろうと若い盛りの頃が一番よろしい。

まァしかし、それだけじゃないんだな。

今の日本はいやだ。生きているのがはずかしくなるほど、ひどい。

こういうと当今のお若い人たちは不思議そうな顔をする。

「戦争に負けて、衣食住なんにもなくて、暗い時代だったんでしょ。どこがいいんですか」

「そうなんだけど、皆、明かるかったよ」

「どうして——？」

「皆、もう一二年のうちに戦場にかりだされて死ぬと思ってたんだ。それが戦争が不意に終って、命だけは助かった。俺たちは運がいい。さァこれからはどこまでも辛抱して、自分流の生き方をしていける。そう思って内心ひそかに、はずんでたな」

焼野原の東京、といってもそれを知らない人にどう説明すればよいか。上野の山から浅草国際劇場が丸見えで、その間、焼けビルの外郭が点々と建つのみだった。神田や銀座方向を見ても同じことで、見渡すかぎり焦土だけ。そこに地下壕やトタン小屋ができる。それはまだいい方で、駅の地下道で起居している勤め人もたくさん居た。

とにかく何も無い。右手にお金を、左手に芋を持って、左右に投げると、皆いっせいに芋の方に視線を向けたくらいだ。辛うじて稼動しているのは官庁と銀行ぐらいで、財閥はほとんど解体され、会社も復活しておらず、だからサラリーマンなんて非常にすくない。大概の者がヤミ市だのヤミ物資にからんで生きている。誰も彼もが多少の差はあっても、ヤミ取引という法律違反を犯して暮している。それを誰も変に思わない。

だから金持も貧乏人も差がなかったし、堅気もやくざも似たりよったりで、ごちゃまぜになって暮していたな。

まァそれは、ほんの一瞬、せいぜい四五年の間だったけどね。

それで治安がわるいかというと、そうでもないんだな。むしろ当今の方が残酷な犯罪が多いよ。

それで誰にも指図されないで（指図するようなお節介は居なかった）てんでに一人で、無い知恵をしぼって明日の食糧を確保したり、人をだまくらかしたりしてしのいでいく。物なんかおいとけばみんな持ってっちゃう。危険だといったって、そんな危険なんかたいしたことないんだ。

つまり、ばい菌だらけだけれど、せいぜい大腸菌ぐらいで、工業汚染だの放射能だのってのじゃないんだからね。

男たちは皆、眼をらんらんとさせて生きてたなァ。一刻も油断ができない。そこに充実感があった。なにしろ、銀行強盗をやろうかな、と思っても、あの銀行にはたして金があるだろうか、と疑ってかからなくちゃならないんだ。

それに金なんか持ってたって、インフレでどんどん値打ちがさがっちゃうんだから、しようがないんだな。

ハングリーという奴は面白いもので、明日の食糧や酒代のことで頭がいっぱいで、それ以上の野望をおこさない。だから性のわるい病気や犯罪もすくない。

いうところの道徳は頽廃していたかもしれないが、よかれあしかれ、これが自然な人間の生き方だ、といえるものがあったね。立場や状況の相違でやることが多少ちがっても、結局は人間同士わかりあえると、皆が思っていた。

今はなんだい。共通の符牒みたいな現代言葉を使って、似たような服、似たような飯、似たような家や車を持って、外見は皆同じようだが、内心では、あいつと俺はちがうと思ってるんだろ。そのちがいのところに細々とすがりついて、これが自分だと思ってる。だから、人間は結局、お互いにわかりあえないものなんだというのが前提だ。

そういう孤独感はあの頃はなかったな。

友人Aはトラックの上乗りをやっていて、あまりの労働で若い癖に皺だらけの顔をしていたが、彼の楽しみは赤線女と、休みの日に焼鳥屋に行って生のレバーを腹一杯喰うこと。舌を鳴らしながら五十皿くらい、焼酎と一緒に流しこんでしまう。愉悦の表情がよかったな。彼は後年になっても、どんな喰い物にも眼をくれず、生レバで一杯を変えなかった。

友人Bは熊のような大男で、手当り次第に自転車をさらってきてしまう。彼が現われると、その晩、大通りの自転車がいっせいになくなるというくらい。みるから乱暴そうで、そのうえどもるから何をいってるのかわからない。女も寄りつかない。赤線でさえことわられてしまう。けれども童心のような人なつこさがあって、始末はわるいが憎めない男だった。彼は知人の女の件で、やくざの事務所に単身なぐりこみをかけ、三十数ヶ所も刺されて死んだ。

友人Cは、自分の家の焼跡に小さな掘立小屋を作って、若いごろつきの寝部屋にした。彼は身体も弱かったし、いくらか知恵おくれでもあったから、そういう物を提供して皆と遊んで貰おうとしたのだろう。彼の望みはかなえられて、その掘立小屋はいつも我我のような宿なしで混雑していた。ある夜、盛り場のギャングバーにひっかかって、法外な呑み代を請求され、いざこざになり、派出所から巡査が駈けつけた。店の器物を破損させたのはCで、おまけにほとんど無銭だった。で、一応は無銭飲食ということになる。Cが反抗的なので巡査が怒りだし、管轄の署まで引張られた。ギャングバーの方はお構いなし。署で調書をとられているうちに、小男のCが突然刑事を椅子で殴り倒し、それから署員総出でCを追い廻す。Cは署内を駈けまわり、窓ガラスを叩きこわしまくり、二三人を負傷させ、明け方近くやっと取り押さえられて総殴りに合い、パンツ一枚で豚箱に転がされた。しかし署内いたるところにガラスの破片が散乱し、書類はズタズタ、署長のデスクはひっくりかえるという有様だった。Cは一躍我我の人気者になった。

あの頃の男たちはいずれも、自分独特の愉悦や哀しみや怒りを内包させていた。独特な形をとっていたが、根はたいして屈折しておらず、わかりやすかった。それに、なんといっても皆、男っぽかった。

男女同権に賛成だが、それでも男と女はちがう生き物だ。正義にも、女の考える正義と、男の考える正義と二通りある。女は当然守備的だし、男は当然攻撃的だ。両方が二通りの正義を叫び合うのはよろしい。

ところが当今は、男までが女っぽくなって、女の唱える正義に同調している。寿命が平均八十歳弱だとすると、女は、その八十年を生きるのが当然として、そのための規律を作る。男は、生きるのが当然とは考えない。攻撃に失敗して明日死ぬかもしれない。今日の生は運に助けられてのものだ。そのために今日をよりよく生きようと考える。

以前は、幸福ということを口に出すのは女だった。当今は、男がそういうことをはずかしげもなく口にする。家庭の幸福だなんて、バカげたことをいって、それ以外のものに眼をつぶる。

男は暴れて死ぬものだし、女は恥をしのんで生き残るものだ。そこで人間世界の調和がとれる。正義であろうとあるまいと、そんなことは二の次だ。

年を忘れたカナリアの唄

私自身もこれから老境にどっぷりと浸かるところだから、正直、手探りである。

大体私はいつも、これがいいとかわるいとかの判断を（極端な場合をのぞき）あまりしない方で、下等な虫のように、事に臨んでちょっと動きを停め、触角ぐらいは揺らすかもしれないが、じっと黙ってまず身体の欲するものを探り、身体が教えてくれるバランスに身をまかせる方である。まず身体を動かしていく。運次第のようなところもあるけれど、身体の欲するところが、自分が欲する方角だと思う。失敗したらそれまでだ。

戦争育ちだから、子供の頃から無意識なものを含めて、なんとなくそうやってきた。戦時体制だったから、むろん、大きな規制があったが、身体が動かないことは、しないというよりできなかった。それにはいろいろ方法があったが、結局、落伍してしまえばよろしい。子供だったからそれですんだのだと思われようが、私はそのために進学もできず、子供としては不似合いな孤立の辛さをたっぷり味わい、今もってそれは濃く痕跡を残している。私が子供でなく成人だったらどうしたか。すぐに滅んでいただろう。

もっとも誰を恨むこともない。私のは、反戦とか厭戦とか、そういうものでなく、ただ身体がそうならないことをしなかっただけで、単なる落伍者だっただけだ。

空襲下、焼夷弾が降りそそぐ現地に何度も居たが、そういうときは自信があった。逃げまどう人人の列が洪水のように、どの道にも満ちていたが、私はただ身体が動く方に逃げていっただけだ。理屈でもないし、辻で深刻に考えたわけでもない。どうやって逃げのびたか説明もつかない。ただ、私が行く道が助かるのだと思っていた。生き残れば何でもいえるが、そうじゃなくて、人人の判断や四囲の状勢なんて気にしないで、ただ一つ、身体が動かない方には行かない。それで助からなければそれまでだ。

満八歳から十六歳までの戦時体制の間に、自分の身体以外の物、他人、集団、国家、人間、そんなものはすべてただの他者だ、という思いが芽生えた。敵としての他者、提携すべき他者、愛する他者、いろいろあるけれど、つまりは自分の身巾《みはば》の外のもので、なんだかへだたりがある。同じ失敗をしても、外のものと心中するよりは、自分と心中した方がいい。

戦後の乱世も、その後の経済管理社会も、大勢の人と足並みを揃えられなかったから、ずっとアウトサイドに蟠まっていた。一匹狼だと、春夏秋冬、季節に合わせた顔つきをしなくていい。一帳羅のようにいつも自分の顔をぶらさげて、それでなんとか通用する範囲で生きている。

身体はだんだん老いこんでいくけれど、年齢なんか不詳ですんでしまう。年齢不詳、学歴不詳、住所不詳、それで新聞に訃報が出ると、あれッ、あの人はそんな年齢だったのか、なんて思う人が居るが、そういう人の方がじっくりしんみりとつきあえる。

名刺を交換し、履歴現職を披瀝したうえでの交際なんてものは、どうもうすっぺらい。そういうものはすべて身体の外のいいかげんな飾りにすぎない。

私は戦争体験もあって、身体の外の飾りの空しさを早くに知った。だから身巾の外にあんまり出ない。そのかわり身体そのものをちょこちょこ移動させる。

どうしても自分を律してくるような、自分より大きい外部の物があることは否定できないが、なるべく忘れてしまう。たとえば年齢なんかでもそうだ。

〝明烏《あけがらす》〟という落語の中に、

「俺は生涯、親にならない。伜ですごしちまう。つまりませんよ、親なんてもの——」

というセリフがあるが、私も、ある時点から、不良少年のままでいようと思った。たとえいくつになろうと、内実は不良少年。

放っておくと育ってしまう部分があるが、それは外側だけにしておいて、内実は、四十歳の不良少年、五十歳の不良少年、それでいい。みっともなくたって仕方がない。そうして不良少年のまま死ぬ。不良少年としてでなく死んだら、私の一生は失敗だったということになる。

子供を持ったりすると、これは少しむずかしいかもしれない。子供が中学生になり、大学生になり、孫ができたりすると、それ相応の親の顔つきを造りがちだ。だから私は子供は作らない。家庭も作って失敗だったと思う。知らないうちに、年齢相応になっている。

不良少年のままの気持でいられたら、たとえ淋しくても、不如意でも、仕方がないのである。どこかで望みを通したら、べつのところでべつの望みを我慢しなければならない。

年をとらない長生きの仕方、というテーマが与えられたが、ポイントはその覚悟ができるかどうかだ。逆にいうと、老人になることで得る物を拒否する覚悟さえあれば、不良少年として長生きできる。

もちろんそれは自己欺瞞である。酒を呑まないで酔っぱらっているようなものだけれど、それでいい。

もっともね、不良少年といったって、青くさいまんまではすぐに飽きてしまうから、それこそ時間をかけて自分で磨いていかねばならない。愛車の手入れをするように。

私は元来、変化を嫌う方で、子供のときに年齢に応じて半ズボンから長ズボンになったり、中学の制服制帽にしたりが、いちいち気になった。どうせみっともないのなら、このままじっとしていたい、何か変化して新たなみっともなさを背負いこみたくない。

けれど外見の変化はもうしようがないのである。どんなに踏んばったところで、年齢相応に老けてくる。私なんぞは、どう変化したってみっともないので、外見を整えようとしたってしようがない。

同じみっともなさなら、長年にわたって磨きこんだみっともなさがよろしい。六十歳になってまだ不良少年というのは、人が見たら狂人みたいなものだろうけれども、なに、社会の規範なんぞ、常にふらふらしているもので、それは私の経験で覚っている。

もちろん、不良少年というのは私の場合で、人におすすめしているわけではない。人それぞれ、自分が固執するところに寄り添っていけばよい。

人は誰でも、自分が一番熱望する人間に近いものになるものだ、という言葉がある。そうならない人は、熱望する度合が不足していたからだという。

私は、〈不良少年〉という一言に、自分の原体質があると思っている。不良少年にもさまざまな意味がこめられているが、とにかくこの原体質は離したくない。卒業して別の形に進みたくもない。

現社会は年齢相応にやるように規制されている観があるが、その眼から見ると、私などはおっちょこちょいの軽薄男で、わけのわからぬお化けみたいな存在であろう。いいじゃないか。どうせ皆、みっともないのだ。お化けを自認する度胸があれば、それもまた楽しい。

Ⅱ

深沢さんと自然の理

一刀斎の麻雀

もう十年くらい前になるだろうか。私が観戦記を受け持っていた週刊誌の誌上麻雀に、五味さんのご出馬を請うたことがあった。

そのとき、五味さんがこういった。

「角力とりと打ってみたいな。彼等はきっと豪気な打ち方をするだろう。角力とりをメンバーに入れてくれるのなら、出てもいいよ」

それで、豪気な、というイメージに合わせて、編集部が苦労して人集めをし、先代若乃花の二子山親方、野球の張本選手、それに紅一点の女性歌手を加えてメンバーを組んだ。

当夜、初対面の挨拶がすむと、五味さん、おもむろに歌手嬢の手相を眺めて、「ウーン、お前さん、新しい男ができとるなァ、だけどその男あかん、程度がわるいわ、男のクズや、やめとき――」

歌手嬢もふくれたが、そばについていた若いマネジャー氏がかみつきそうな顔をしていた。

彼女の新しい婚約者がそのマネジャー氏だったのである。

誰かがそのことを、とりなし顔にいうと、五味さんすかさず耳の遠いしぐさになった。それで早速、麻雀になったが、五味さんの下家《シモチヤ》が二子山親方。

親方はかなり打ちなれていて、考え深い手をつくる。けれども、それこそ部屋で若い力士との遊び麻雀に慣れているものだから、マナーも大味で、ともすれば先ヅモをする。

五味さんが自分の牌をツモるとほとんど同時に、眼の前に太い腕がニュッと伸びてくる。

「先ヅモ、ナシ――」

「――ああ、そうか。ごめんなさい」

親方も敬意を表して手をひっこめる。

一巡してまたツモの番になると、太い腕が、ニュッ――。

「先ヅモ、ナシ――」

「ああ、そうか――」

親方は、手を出したりひっこめたり。

それでしばらくは、神妙に、五味さんが捨てるまで、じっと待っている。

しかしそのうちに、うっかり手が出て、

「――先ヅモ、ナシ！」

五味さんは、一世を風靡した強腕無双の元横綱と、卓上卓外をふくめて、丁丁発止とわたりあっているつもりであるから、そうなると、わざと摸打《モータ》をおそくして、親方をじらせる。捨てかけてはやめ、うっかり親方の手が伸びてくるのを待っている。親方、時間いっぱいで相手力士に待ったばかりさせられたときのような表情になってしまった。

そのうち、ヤミテン満貫の手ができて、当り牌が五味さんから出た。

「ローン――！」

そのときの親方の声の大きかったこと。じりじりしどおしだった気持をいっぺんに爆発させて、子供みたいに晴れ晴れとした顔になった。

その夜、誌上麻雀が終ると、五味さんが呑みに行こう、という。それで銀座へ出て、五味さんの行きつけの店を廻った。

「――これが、角力の親分、あっちが野球の親分、こっちは麻雀の親分――」

どの店でも、きまってのっけにそういう。そうして、そばに来たホステスを一言二言からかい、我我に紹介して、

「さァ、出ようか――」

一杯の酒を、ひと口ふた口、呑むか呑まないか、それでもう次の店に向かうのである。

次の店でも、同じことである。眼を細めて同行者を紹介すると、それじゃ出ようか、である。

九時半頃から出て一時すぎまで、銀座新橋辺を十五六軒も廻ったろうか。いかにも、その道の名だたる者（私はともかく）が好きな五味さんらしい晩だった。

「まるで、お披露目されているようだな」

そういって張本選手が笑った。

でも、親方も張本も、よくつきあってくれた。こういうときの五味さんの笑顔は邪気がなくて、さからえない。

最後に新橋辺の小さなバーで、

「仕事は大丈夫なんですか」

「ホテルへ帰らにゃあかん。明日の朝までに十何枚――」

とかいっているうちに、五味さん一人で酔いつぶれて長椅子でぐうぐう寝てしまった。

我我は三人ともケロリとしている。そりゃそのはずで、どの店でも呑むヒマがなくて、銀座を縦横に歩き廻っただけに近い。

「さァ、帰るか、呑むか。ええい、これから我我で呑んじまうか――！」

張本がそういってケラケラ笑った。

考えてみると、私も五味さんと、古い。

五味さんが芥川賞をおとりになって、その少しあとからだから、昭和二十八九年頃からだろうか。当時、私は小出版社の編集部に籍をおいていて、『喪神』という受賞作品を読み、感動して原稿依頼にかよったのである。

その頃私は不良少年の足を半分洗ったような形で、ばくちに深入りしていた前歴を、普通の人の前で自分からはしゃべらなかった。サイ、フダ、カード、牌、すべて中止し、おそまきながら市民の列に復帰することに励もう、と思っていた頃である。

五味さんはもちろん、若輩の編集小僧が鉄火場経由の疑似市民だと知る由もない。あの頃、ずいぶん度重なって参上しているのだが、私は五味さんが麻雀を打つことを知らなかった。もしなにかのきっかけで、麻雀の話題になったら、後年をまたずして、あの時点で五味さんの麻雀小説がいただけていたかもしれない。

そうなると私はせっせと五味麻雀小説のファン乃至アシスタントに廻って、自分で書こうなどとは思わなかったろう。

その後、五味さんは何作かの麻雀小説をお書きになった。小説ばかりでなく、麻雀戦略書も、誌上麻雀も、麻雀が活字の上の読み物になる可能性を拓いたのは全面的に五味さんで、この道の鼻祖といえる。

私の方も有為転変するうち、芸は身を助くで、五味さんが開拓したままになっていた麻雀小説というジャンルに手を染めることになってしまった。

けれども、当初は麻雀をどう自分流に小説仕立てにしたらよいか見当もつかない。私の頭の中には、五味康祐、山田風太郎、そして白井喬二、この三人のすぐれた先人の姿が浮かんでいて、およびもつかないなりに目標にしていた。

その頃、出版社の前の道で、ほぼ十年ぶりにばったり行き会った。

「ははァ、阿佐田ちゅうのは、君だな」

顔を見るなりそういった。麻雀小説がまだ(今でもだが)小説の資格をとっていない頃で、私は顔写真も出しておらず、ひたすら匿名の陰にかくれていた。その間の事情を知っている人をのぞくと、この時点で、五味さんと吉行淳之介氏には当てられていたらしい。

その後まもなく何かの席でご一緒して、はじめて麻雀の話をした。

「ほら、昔、お前さんの相を見たことがあったろう。憶えてないか」

「ああ、思い出しました。——憶えてます」

編集小僧の頃、池袋の呑み屋にお伴したとき、たわむれに占ってもらったことがあった。

「あゝとき、いったこと憶えてるだろう」

「ええ、石川五右衛門と、村上元三の相に似ている、っていわれました」

「此奴、どないな奴かと思ったね。なんだか、ようわからなくて、うす気味わるかったが、なるほど、それが阿佐田哲也なんだな」

五味さんは、その少し前、五味道場と称して、週刊誌で麻雀の実戦を披瀝していた。主としてタレントの有名人が相手だったが、その人たちの噂では、思ったより強くない、ということだった。

マナーがわるくてね、という人も居た。ツモっているうちに、ひょいと牌を袂にいれて隠しちゃったりする。十三枚の手牌を、わざと十六枚とって、平気で続行していたり。

　怒って、五味さんとは絶対やらない、という人が居た。そういう声に対する配慮が編集側にあったのかもしれない。その週刊誌の道場主は、マナーのいい佐野洋氏に代った。

五味さんは、オリた理由を、

「素人が相手じゃね、アホらしいよ」

といっていた。

そういえば、こんなことがあった。やはり週刊誌の麻雀で、ハナ肇さんや春川ますみさんが相手だった。

ハナ氏は実直な人で、とにかく喰えるときはなんでも喰って、真一文字にアガろうとする。

春川嬢はチンイチ病患者で、配牌で一番多い系列の一色にしようとする。そうと定めたらこれも真一文字で、あのヴォリュームで力いっぱいツモって、千切っては投げという恰好になる。

まことに壮烈な麻雀で、ケチなところがまったくない。

相手リーチがかかったりすると、

「🀜はとおってる——？」

「🀜は現物、リーチが捨ててる」

「ふん、じゃ、🀜——」

一巡して、

「🀖はどうなの、とおってない？」

「🀖はまだだね」

「じゃ、🀗は」

「🀗はさっき対家《トイメン》がとおしたよ」

「アラそう、じゃ🀗捨てましょう」

てんで場なんか見ちゃいないのである。たまに誰かが考えていると、

「アハハハ、考えてる、早くしてよ。考えることなんかないじゃないの」

そりゃそうなので、他人にきけば万事はすむことだ。

五味さんがその中に入って、ペースが合わずに四苦八苦した。

親で、第一打に、先先の手筋を考え、万万の思いをこめて🀞を捨てた。

ハナ氏が下家で、配牌を懸命に並べかえしていたが、何思ったか、パクリとそのを喰ってしまった。しかもという両面形で。

あのときの五味さんの、唖然とした表情を今でも忘れられない。しかも、ハナ氏はひと喰いテンパイで、三巡目だったかに千点であがってしまったのである。

「よういわんわ。わしもこんなの、はじめてや——」

鬼面人をおどろかすことが好きな五味さんが、すっかり逆の立場で、力なくそう呟いた。

それ以来だと思う。五味さんは、タレントたちとの誌上麻雀を打たなくなった。そうして、私には五味さんのその気持がよくわかった。

たかが麻雀であって、こう記したとて、私はハナ氏や春川さんを軽んずるものではない。どう打ったってよいし、またそこに彼等の個性が躍如としていて面白い。

しかし、五味さんのように、麻雀に深くなってしまうと、深い麻雀を打ちたくなる。不思議なもので、麻雀というゲームは四人のアンサンブルでやるのだから、A級がいつもA級の麻雀を打てるとは限らないのである。

AACCという四人でやると、まず、C級の内容の麻雀になってしまう。

AAACだったらA級のペースになるが、ABBCだとB級のペースで、しかもABBのどれが勝つかわからない。

ＡＣＣだと、勝つのはＣのどれかになる。私にも憶えがある。ＡＡＣＣか、ＡＣＣＣという人は、おおむね、ＡＣＣという人は、おおむね、ＡＣＣというメンバーで打った人なのである。

その頃の五味さんは、勝負よりも、手造りのプロセスに重点をおく打ち方をしていた。はじめに浮いている中張牌《チュンチャン》を捨てて、あとからその間隙を縫うテンパイをしたり、配牌のメンツを崩して、手役に沿ったメンツをツモで造り直したり、そのため華麗な手ができる。しかし、序盤を捨てて中盤からスタートするような具合だから、手のスピードがおそい。

Ｃクラスの打ち手とやるときは、無言で、自分にハンデを課しているのかと見えた。ところがオールＡ級で卓に臨んでも、同じような麻雀である。

🀐🀑🀒🀇🀈🀉🀏🀏🀚🀛🀟🀠🀠

こんな手に苦労して持って行く。🀝🀞🀟だの🀉🀊🀋だのを、惜しげもなく手の内から切りだしている。

そうして、ここで🀜をひいてしまう。

だから穴🀠、もしくはシャンポンの🀏あたりであがっても、安い。が、実に人工的な、ほれぼれした待ちになる。

その時期に麻雀専門誌などもできて、誌上麻雀を専業にするタレントも現われた。最初のうち、五味さんもタイトル戦によく出場して打っていたが、そのうち、一応の恰好のできている専業タレントの中で、なおメンバーを選ぶようになった。

一方、麻雀タレントの方も、ひそかに五味さんの麻雀を軽視する向きが出てきた。五味さんは手がおそくて、そのわりに安い、という。タイトル戦で五味さんと顔が合うクジをひくと、彼らは喜ぶ。とにかくストレートで早テンパイに持っていくと勝てる、というわけだ。

しかし五味さんは、少しもそんな声を意に介さなかった。

(——ああ、これは五味さんの美意識で、そのことの主張なんだな)

と私は思った。麻雀には偶然の要素が濃くある。五味さんは、その偶然に甘えない。

こんな配牌が来たら、誰だってタンヤオピンフを指向するだろう。ところが五味さんはこの手をチャンタにしてしまう。いや、チャンタにするために全力をつかう。

飛車角落ちで打っているようなものだが、それはハンデをつけるなどというキザな気持ではなくて、自分の掟を守ったうえで、やはり勝負に賭けている。

たかが麻雀であるが、麻雀にもやはり奥があり、五味さんはお若い頃から幾多の修羅場をくぐられ、奥を知ると同時に、麻雀というゲームに避けられぬ軽み、文化度の浅さを感じられたのであろう。

「俺は小説家だから、小説でナマ臭くなるよ。麻雀ではナマ臭くならない。カッカともしない。人間は二つのことはできないぜ」

あるときそういった。それは二足のワラジをはいている私に対する戒めだったろう。

実際、五味さんの麻雀は、麻雀というよりも、その小説の持味に近いものだった。偶然による恵まれという要素を極力抜き去り、主体性一本で勝負してくる感じは、土に寝、草をかんで修行した兵法者の姿を感じさせる。

しかし、けっして腕力だけの手筋ではなく、偶然を捨て、天意に背を向けた分、人工による知恵の飾りがたくさんついてくるのである。絢爛たる迷彩や、読みの深さばかりでなく、掟の範囲内ならどんなケレンでもやるぞ、というところが常人にはおよびもつかない。

ノーテンリーチ有りのルールを主張されたのもそのひとつだった。リーチをかけて、危険牌をツモ切りする危険を冒す以上、テンパイの有無おかまいなしに、リーチをかけてくる。

あるとき長門裕之邸で、畑正憲さんなども居て一戦やった。長門がソーズ一色形をひとつ喰った。やがて、🀔をポンしたあと、🀓を暗カンすると、この🀑が新ドラになった。古い方のドラは🀘だ。

長門の手は見えたところだけで倍満ある。

上家《カミチャ》の私はソーズを握ってオリ。五味さんもオリらしく現物牌ばかり切る。

畑さんだけが、安いかわし手をテンパっていた。たしかカン🀞だったと思う。しかしこれもソーズを握って打ち廻し、🀝🀟を捨てた。

この🀟を五味さんが喰った。こういう場面でチーされると、守備がむずかしい。一巡前にとおっていた牌がすべて五味さんに打てなくなるからである。

ところが五味さんが喰ったとたん、畑さんがカン🀕をツモってあがった。ツモ一飜《イーファン》だけの手で、カン🀞待ちを崩してすばやくテンパイし直していたのだった。

だが、長門が、うわァ、と奇声をあげた。長門は🀕🀘待ち。五味さんがチーしなければツモっていたのだ。

「いやァ、もう今度はそっちに、要牌が行くような気がしてなァ——」

十年ほど前、私はある雑誌に五味さんの麻雀を紹介する短文を記したことがある。その中の一節を抜き書きすると、

「——ここに、頭抜《ずぬ》けて熟達したために、麻雀が打てなくなった一人の魅力的な先人が居る。なんとかこの先人に、悽愴苛烈な、結果のみにこだわる麻雀を打たせてみたい。私が先人の麻

首をかくか、まっ二つにされるか、その機会を首を長くして待つものである――」

私はほとんど本気で、そう思っていた。

たかが麻雀――、しかし、牌に手を染めたからには、一度でいいから、奥の奥のところで、真剣勝負がしてみたい。

それには、奥の奥のところに集まる兵法者を揃えなければならぬ。

その私の望みは、過分に達して、この七八年、何十度にわたってお手合せしてきた。きわめて少数ではあるが、五味さんが、真剣を持って卓に向かうに足りる麻雀エリートを確保することができた。それはある場合には畑正憲さんであったり、ある場合には無名の巷の雀士だったりした。

しかし、その席での五味さんのマナーは寸分の隙もなかった。もともと、麻雀におけるもっとも重要なマナーは、暴牌を振らず、セオリーから逸脱しないことであるはずなのに、大半の人がその部分で恣意的になっていることへの抗議のような形で、五味さんはわざとおチャラけていたのだと思う。

私たちは言葉を使わず、一投一打、そのたびに打牌でしゃべりあった。お金も賭けず、そのときの勝敗の結果にも左右されない。ただ、ゲームの内容にお互いの名誉を賭けるのである。たかが麻雀でも、そういう濃密な時間をすごせたのは私にとって無上の幸せだった。私は五味さんから誘いがかかると、何をおいてもコンディションをととのえ、駈けつけた。惜しむらくは、大半がプライベートの席だったので、牌譜が、ほんの一部しか活字になって残されていないことである。

でも、私たちはその一局一局をほとんど記憶にとどめていて、雑談の折りによく手筋をむしかえしてしゃべるのである。

五味さんが亡くなられた晩、畑正憲さんと一緒に大泉のお宅に駈けつける車中で、畑さんもこういった。

「僕は誰と打っても、自分の麻雀を打とうと思って、そうするのだけれど、五味さんが、わざと手造りをおそくして、ああ打つでしょ。するとこっちがなんだか試されているようで、チョコマカとしたあがりができなくなるのね」

「そうなんだ。結局、皆が手なりでいかなくなるんだ。勝っても負けても、五味さんがペースを造ってるんだものね。もうあんな麻雀を打つ人は出ないなァ」

「五味さんと打てて、よかったなァ。もっと打ちたかったなァ。僕なんか麻雀のおつきあいだけだったけど、でも、そういう交際って、何にも代えがたいよさがあるね――」

五味さんの最後の誌上麻雀は、一昨年の秋だったと思う。そのとき、劈頭《へきとう》、五味さんが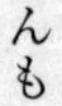を一鳴きして、千点の早あがりをした。劈頭からストレートでくるなんて、五味さんの場合、

かつてないことだった。

畑さんが、その雑誌の牌譜を見て、すぐに電話をくれた。

「五味さんの千点あがり、びっくりしたでしょ」

「ええ、はじめて、勝負に徹した五味さんを見たような気がして、気を呑まれちゃった」

しかし、今にして思えば、最後の麻雀をどこかに意識されていたのだろうか。

その日はビシビシとあがり、勝ちに廻っていたが、こんな手もあがった。

（チー）

はドラだが、早い時期に一枚捨てられているから、残り一枚のでしかあがれないのである。以前の五味さんなら、こういう腕力乃至ツキのみに頼った手は打たないのだ。
「――ウォッホッホ、こんなもの、ツモりよった――」

そういって照れたように笑った五味さんの表情が今も眼に浮かぶ。

そのあとまもなく肺を手術され、いったん元気に退院された。昨年の初夏の頃だったか、突然、電話をいただいて、

「昼飯でも喰って、軽く麻雀でもやろうと思うんだが、出て来ないか――」

私はそのとき〆切の仕事を抱えていたのだけど、行っておいてよかった。それが五味さんと

の最後の麻雀になってしまった。

畑さんはちょうどスリランカに行っていたと思う。それで今でも、私は畑さんからうらやましがられているのである。

「あの件をきいて、阿佐田さんがねたましかったな。五味さん、いろんな人にお別れを、それとなくいってたんでしょう」

果たしてそうかどうか。その後また入院されて、衰弱した哀しい五味さんにしかお目にかかれなくなった。

最後の麻雀は、打ってかわって静かな打ち筋で、勝つでなく負けるでなく、心なしか打牌の生みだす言葉もかぼそい感じだった。

そうして、マナーだけ、よかった。

もっとも、五味さんは、平常も、意外に作法を重んずる人だった。

麻雀のときも、酒のときも、私を誘い出した翌朝は、必ず電話があって、私の女房に、

「――昨夜はおそくまでご主人をお借りして、申しわけありませんでした」

きちんと、そういわれる。だから女房は五味さんを、優しい人だと信じている。

冬の苦行

東京湾から宮崎までの、約二十時間の船旅というのを経験した。ちょうどその日は俗にいう二百二十日で、台風シーズンのまっ最中である。あんのじょう、外海に出たとたんにかなり揺れた。百人あまりの一行が船中麻雀大会をやりはじめたとたんに、船酔いが続出し、半数以上の人々が青くなって船室にひっこんだ。

私も酔うかと思っていたが、頭の芯が少し重ったるくなっただけで、存外にへこたれなかった。同行した友人が、船酔いの薬をあげようか、といったが、いや、大丈夫だ、とことわった。

昔、藤原審爾さんが、俺は船酔いの薬さえ呑まなければ、船酔いはしないんだ、といったことがある。あれを呑むと、以前に船酔いしたときの気分を思い出して、酔っちまうんだよ――。

なるほど、と思っているうちに、私もそういう先入観ができてしまって、それから船酔いの薬は呑まない。

藤原審爾さんには、私の小僧ッ子の頃から長年にわたって、小説のことばかりでなく実にさまざまなことを教わった。具体的に教示を受けて実になったことも多いが、藤原さんという魅力的なフィルターを通して事象の要点を見知ったこともたくさんある。その人となりを一言で記すことはむずかしいが、なにしろ人を巻きこむ魅力のある人で、私は今でも、日常のはしばしの言動に藤原さんの濃い影響を感じてはっとするときがある。

十年ほど前に、藤原さんは若い者を集めて野球チームを造り、夏の間はもっぱら余暇をそのことに費していた。しかし冬は、野球というわけにはいかない。藤原さんは瀬戸内海の岸辺で育った人で、釣りにも一家言を持っている。

釣りは鯛に限る、と藤原さんはいった。鯛は深場の魚で、知覚もよく、そのうえ近年数が減っているそうで、そのへんがコクを増すのであろう。私は何度も、鯛釣りの醍醐味を藤原さんからきかされた。

「色ちゃん、一緒においで。たまには健康な遊びをしなくちゃいけない」

藤原さんはけっして他人に強制をしない人である。けれども、静かな声で、行こうよ、といわれ、にッと笑われると、なんとなく頷かざるをえない、そういう魔力を持った人なのである。

私は当時、閑日月をもてあましていた頃で、荷物持ちを兼ねた供をするつもりで金谷沖に出かけていった。

暮近くの寒い日で、沖に白い波頭が立ち、空には風雲があった。そうして小さな釣舟に乗ると、木の葉のように揺れた。艫《とも》に坐った私が沈みこむようなときは、舳《へさき》に坐った藤原さんが私の頭の上に居る。私が浮きあがると藤原さんは下になっている。沿岸の山が、浮きあがったときだけ、ぐらぐらと揺れて見える。

「どうだい――」と藤原さんが息せききりながらいった。

「こうしているうちにって、釣れてくるんだ。面白いだろう」

「こうしているうちにって、こうしてるだけで精一杯です」

私はその日、一尾も釣れなかった。ただ木の葉のように揺られて、頭の芯に鉛が入ったように重くなっただけだ。もっとも私は、一尾も釣れないことを残念に思っていたわけではなかった。

私の個人的な意見をいえば、釣りというものは、どうもフェアーな争いではないように思う。魚の方は生命まで賭けているのに、人間は特に致命的なものを失うことはない。争いとしては、博打の方がまだ五分五分、乃至は不利な条件にめげないところがあって、男らしいように思える。

しかし、釣りの好きな藤原さんに私の小理屈をいっても仕方がない。

「最初はうまくいかないが、そのうち味が出てくる。そんな気がするだろう」

「――ええ」と私は笑った。「とにかく珍しい経験でした」

「また来よう。来週の日曜日。汐の具合さえよければ連絡するよ」私は冬の間、頻繁に海に出かけた。例のところへ出動するよ、といわれると、そのとたんにじいんと頭が重くなる。ことわってもいいけれど、どうしてかことわれない。私は、好天で、池のように凪いでいることを一心に祈りつつ行くが、例外なしに海は荒れている。東京に居るときはおだやかな日和に思えても、房総へ来ると白い波頭が見える。

「ぼくは呪われているんだな。ぼくが来るといつも荒れますね」

「いや、それは冬だからさ。夏の海はもうすこしおだやかなんだが」

それでは夏にお供しようと思っても、夏の間は藤原さんは、たまの余暇を野球に使ってしまって、釣りどころではないのである。

だいたい、釣りとなると前夜に藤原邸に私が行って、夜明けに出発する。それまで藤原さんは半分私につきあう気で、麻雀を打ったり話しこんだりしていて、寐ない。それで一散に先方に行って、一日じゅう、木の葉のように揺られて、釣宿に帰ると、さ、麻雀、ということになる。

麻雀卓が、まだローリングしているのである。それで深夜二時頃、

「そうだ、明日は汐もいいようだし、大漁だぜ。充分睡眠をとっておこう」

やっと解放されて、うとうとしたかと思うと、夜の明けないうちに叩き起こされるのである。

なんのかのといいながら、毎週のようにくっついてくる私を見て、

「色ちゃんは釣りの才能はなさそうだが、それでも、好きだねえ」

釣りが好きなんじゃないのである。行こうよね、といわれて、身体がしびれたようになって、藤原さんとずっと一緒に居たい、と思ってしまうだけなのである。しかしついて来た以上は不平をいう資格はない。

藤原さんの方でも、頼りにならない助手だと思っただろう。私は物ぐさであるうえに、頭の芯に鉛が入った状態だから、荷物も持てないし、何の役にも立たない。藤原さんが一人で躍起になって船頭に気を使ったり、車の手配をしたりする。

ある夜明け、まだ暗いうちに湾内に出ていると、大きなアメリカの軍艦がいきなり鼻先に現われて、大あわてでエンジンをいっぱいにふかして逃げた。ところがテキは艦隊で、逃げる鼻先に、次から次へと巨体が出現してくるのである。

船頭が色を失って右に左に小舟を逸走させた。

「危ないところだったわさァ」

「しかし、ぶつかることはないんだろう」

「いや、ときどきあるんですよ」

「ぶつかるとどうなる」

「渦に呑まれるから、粉々だね。舟も死体も出てこない」

釣りの間はとにかく他へ頭を使わないから、どうしてこう難行苦行に出遇うはめになったのだろう、とじっくり考えることができる。しかし身体はたえず使っていなければならない。油断すると、仕掛けの糸が海中でもつれて、お祭りという状態になる。面倒くさいから糸をあげておくと、陽に照らされて乾くうちに糸がくっついてもつれてしまう。そのうえ、稀に他の魚がかかっていたりする。釣りもいいけれど、竿だの、糸だの、錘りだの、餌だの、それから獲物だの、そういうものがなくて、ただ舟に坐っているだけならまだ我慢できるのである。

何度行っても私は一匹も釣れなかった。釣れなくてかまわないが、その時期、冬場を迎えると、難行苦行を思いだして憂鬱になった。そのくせ、行こうよ、といわれると、ついていくのである。

忘れもしないが、ある年の正月、新年の来客用の鯛を釣ってこようといって、出漁しているうちに、あたり一面の海から濃い水蒸気のようなものが立ち昇って来て、沿岸の山山も見えなくなった。低気圧が来たのである。

しかし船頭は何もいわない。藤原さんはふだんから、客が帰ろうといわないうちに船頭が戻り仕度をはじめたりすると機嫌がわるくなるので、船頭は帰ろうといわないのである。

大揺れに揺れるのは、もうある程度慣れているけれど、水蒸気はますます濃くなって、藤原さんの姿さえおぼろに見える。

「なんだか変だが、大丈夫だね、船頭さん」

「そうだな。そろそろ竜巻がくる頃だな」

それで私たちも、時間は早いが一応、一番近くの港に避難することにした。あとできくと港の見張りの鉄塔から、たった一艘残ってうろうろしている私たちの舟を案じて、やきもきしていたらしい。港のほとんどの人が波止場に集まって、ケロリとして帰ってきた私たちを呆れたように見おろしていた。

その日は、小さな出島で磯釣りをしていた人たちの中から波に呑まれて死者も出る騒ぎだった。

私たちが波止場につくとほとんど同時に、沖に幾筋もの竜巻が現われて洋上を暴れ動いた。竜巻は陸上も襲ったようで、私たちは帰りのタクシーの窓から、その竜巻にこわされたばかりの民家を眼にした。

「転覆しても俺は泳ぎに自信はあるが――」と藤原さんがいった。「色ちゃんは、浜まで泳ぎきれるかね」

「ぼくはまるっきり泳げません」

「――君は泳げなくて、今日まであの舟で揺られていたのか」

「だって、泳げたって、冬の海じゃ寒さでまずまいっちゃうでしょう」

「ふうん——」と藤原さんはいった。「——大胆だな」

大胆不敵でそうしていたわけじゃないのである。くりかえすが、当時の私は、藤原さんの魔力にしびれて、ただ一緒に居たいと思っていただけなのである。

別れの刻

だんだん人が消えてなくなっていく。特に何十年も肌を接するように親しくおつきあいしてきて、お互いにそこに居るのが当然といった間柄が、無に帰してしまうというのが、どうも納得がいかない。自分が消えてなくなるという方がまだあきらめやすい。

もう十数年前に故人になった十返肇さんのお別れの場面が今でもはっきり眼に残っている。私の知っている先輩はいずれも淋しがり屋で、さよなら、という言葉をすんなりいえないような人たちばかりだったが、十返さんは特にそうだった。

藤原審爾、阿川弘之、吉行淳之介、十返肇といったメンバーに加わって、よく徹夜麻雀をした。なぜ徹夜になるかというと、誰もお別れをしたくない、それだけの理由でぐずぐずと長くなる。やっと解散しても、十返さんは私を離さずに新宿の早朝喫茶に入って、文壇逸話だの小説論など一人でしゃべり続ける。

昼頃になってもう眠くなりだしてくるから区切りをみつけて立上り、

「それじゃ送っていきますよ。目白を廻っていきますから」

まだぐずぐずする十返さんをタクシーに押しこんで、目白の十返邸のそばにくると、運転手に指示すればするほど、十返邸が現われない。そこを右、とか、左、とか十返さん本人が指示しているのに、同じところをぐるぐる廻ってしまったりする。要するに、さよならをしたくないばっかりに、わざと、自分の家へ帰る道をまちがえているのである。

藤原さんが、「殿様と口紅」という作品で小説新潮賞を受けたとき、十返さんは喉頭癌で入院中だった。藤原さんと十返さんは奇妙に交際範囲がダブっていて、授賞パーティには、十返さんの親しい人がそっくり集まっていた。

宴なかばで、突然、手押車に乗り、夫人、看護婦、主治医につきそわれた十返さんが登場して一同を驚かした。藤原さんがすぐ駈け寄って握手した。続いて皆がそれぞれそばに行って言葉を交した。

それはいいのだが、十五分ほどして、主治医から、

「もう疲れるから、帰りましょう」

といわれたときの十返さんの表情を、見ていられなかった。多分、皆とお別れに来たのであろう。けれども、あんなにさよならが嫌いだった人が、どんなに辛かったことか。痩せて小さくなった十返さんの手押車が、軽軽と方向を変えられて去っていくのを、身体を固くして見送

ったおぼえがある。

藤原さんは、十返さんほど表には出さないが、いつも大勢と一緒に居たい人だった。肉親の縁にうすかったせいかもしれない。

藤原文学塾、十七日会、二十七日会、編集者たちとの旅行会、それからノンプロ硬式野球チーム、もう毎月、いろいろな名目で、いろいろな人を呼び寄せる。その他にも〝死にたがる子〟にからむ全国母親の会や、小さな組織に招かれての講演に、手弁当で出かけていく。

晩年、肝硬変を宣告されてからも、徹夜で仕事を片づけてから、夫人の運転する車の中で仮眠しながら出かけていく。一度、くっついていったことがあるが、二時間半ほど、熱心にしゃべり、そのあと蜿蜒と著書にサインの列ができると、一冊ごとに、文句を思案しながら丁寧に書き、やっぱり二時間以上かかって、十時すぎ、冷えた弁当など喰い東京に戻るという強行軍だった。あのわがままな人が、こういうときはびっくりするようなねばりを見せる。

一見、ロマネスクな放蕩児に見えたが、実際またそうでもあったが、中年以後は意志の人になろうと努めていた。

そういう努力の隙間に、私などと会うくだけた時間があると、昔ながらのでれでれする生地がちらりと見えることがある。そうしてなかなか人を帰さない。

肝硬変になって、逆に、二十年やめていた酒を復活させてしまうという不養生な人だから、静脈瘤になり、やがて肝臓癌とわるいコースをたどってしまうが、入院しても、医者の指示はまるで守らないで、煙草スパスパ、三食とも夫人がつくる弁当と、まるでハイキングに行った感じ。そのくせ、肝臓に関する書物などたくさん買いこんで、こういうところは努力家だから、なまじの医者もおよばぬほどの知識を身につける。医者としては、もっともやりにくい種類の患者だったろう。

それで、やっぱりさかんに人に会いたがった。病室のドアがあいて、誰も入ってこなかったりすると、

「誰か来たのに、お前たちが会わせずに追い帰したのだろう」

などと家族に当る。

本当に、癌の末期の病人と思えないほど、見舞客が何人来ようが、片端しからあいそよくさばいた。あれも苦しさをかくして、サービスしていたのだろうか。

「いやァ、病気は何度もして、もう大通《だいつう》のつもりだったが、今度はまた勉強した。なかなか死ぬるのは大変だよ」

というようなことをにこにこという。それで、さりげなく、私の煙草を一本抜きとって深深と吸った。安岡章太郎さんが見舞いに来たときも、同じことをしたそうだから、お別れの煙草のつもりだったろうか。

吉行さんや阿川さんが来たときは、さすがに意識がおとろえて、手を握るだけだったらしい。

しかし娘さんの話によると、お二人が去ったあと、涙を一筋こぼしていたという。

井伏鱒二さんがお見舞いに見えたときは、亡くなる数日前だったが、ベッドの上にきちんと坐り直したという。

井伏先生は十数分、病室におられたが、痩せおとろえた藤原さんを眺めたきり、一語も発せられぬまま帰られたらしい。

敬愛する師匠を前にして、藤原さんも万感の想いだったろうが、なまじのおあいそなどいわず、驚愕に打ちひしがれて、そのご自分を曲げずに対決された井伏さんもすごい。

若い人への遺言の書

昨年亡くなった藤原審爾さんが、その最晩年に、今の世に遺す言葉として書きためられたものが一冊の本になった（『遺す言葉』新潮社刊）。

藤原さんは私の師匠であり、ざっと三十年、謦咳に接してきたわけだが、今一読してあらためて藤原審爾という人の髄に触れ得た思いがする。

昔、旅先での広津和郎さんの言辞がまず紹介されている。広津さんはこういった。

「徳田秋声という男は、親子関係をみても、女や金の面をみても、乙をつけられるところはないね。丙しかつけられない男だったが、しかしそういうところを全部ひっくるめた徳田秋声というのは、甲上の人物だったね」

部分にこだわらずに全体を見よ、ということであろう。この話は私も藤原さんから何度もきかされた。

もともと日本人はものごとの全体を反映した細部に敏感で、細部によって全体を感じることができるほどの能力を備えていたが、明治以来の資本主義体制の悪流によって、分業システムを生じ、細分化する文明と同じく果てしもなく細分化する知識を詰めこまれ、生活のテンポの速さとあいまって、全体をみる目を奪い去られてしまった。

特に若い者にこの障害が現われている。その思いがこの一冊を記す原動力になったのであろう。そうしてその目を養うもっとも手軽な方法は、代代この世に遺ってきたさまざまな諭しの言葉や知恵を、もう一度味わい直してみることではないか、という。

したがって、章立てを見ると古風な言葉（というより基軸になる言葉）が多い。孝、恩恵、信心、人の掟、奉仕、というような言葉が並んでいる。藤原さんは世間からは穏健左派に見られていたようだが、この一書では左も右もない、そこいらを突き抜けたところで、生とは何か、より豊かに生きるためにどうすればよいか、をわき目も振らずに語っている。ようやく一生の終りを迎えつつある人の言葉でもあり、まことに重たい。そうしてまた、なまじいな進歩派よりもはるかに峻烈である。

「――もしも青年たちがこの社会の変革のための捨て石のような意義を感じているのであれば、むしろただ一度の人生をより豊かに生きることのほうに、捨て石の意義を感じることをおすすめする。この社会の発展というものは、長所を育てのばすことによって、いびつさか

らの悪影響を無力にするというかたちでおし進められてきているのである」（奉仕について）

「人はその身体的な個体だけの存在ではなくて、社会それ自体の一部分であり、――人の側からいえば、人は物や人などとの関係の総和なのであって、その関係の結果として、人の心が育って行くということなのであり――」（奉仕について）

「近頃は、むしろ名もなき職人の物に惹かれる。――とかく名品のたぐいは、あたりのものらと交わろうとせず、おのれの世界を守ることしか識らず、座右におくと、あたかも自分の流儀をおし通すことしかせぬ、厄介な客か居候のようで、なんとなくうとましい」（創ることについて）

こんなふうに抜粋していっても説得力が生じないが、本来の美は、何代も人人に愛された雑器のように、犬猫が陽当りで寝そべる姿のように、いかにも竹らしく育った竹のように、与えられた環境にすっと適応していく姿の中にあるという。環境や自然に対立するごとき美意識は自己破壊ということになる。

藤原さんは、自分を育ててくれた祖母や、故郷の古老たちの言葉を随所でとりあげている。

一世の守人、というのは祖母の言葉で、自分は家長だけれども、一代だけ家を守るという役で、うけ継いだ家をより発展させてバトンタッチすることが、長である守人の任務だ、といった。ご先祖さまに申しわけがない、というのは古い言葉のようでいて、一概にそう片づけられない。先人の開拓したこの世に生まれてきて、そういう恩恵を浴びつつ生きている以上、少しでもよい世の中にして後続にひきわたさねばならない、ということになる。問題は、一世の守人という意識が私有財産を超えて、社会を対象にすることができるかどうかである。

この本の要点の一つは、自然に従う道をすすめていることである。より能く従うことによって、その恩恵をより大きく得ようとする道である。そうして能動性をゆたかに高めつつ、それを発揮し、それによって自然を超えようとする。

こういう考え方を基点にして、日常茶飯のことから、生や死についてに至るまで、諄諄と説いている。藤原さんの全著作物と対になるような重たい条理の書だが、記述は平易なので、若い人の座右におすすめしたい。

川上さんのこと

ひょんなことから故川上宗薫さんの邸宅を借りて住むことになっちゃった。なっちゃったという言い方がまことにふさわしいほど、軽軽と越してきた。それまで仕事部屋にしていた四谷のマンションも気に入っていたのだけれど、ちょっと不本意なことが起き、わずらわしいのでどこかに移ろうか、と話していた折り、川上未亡人由美子さんが、今までの家は一人住まいには広すぎて、どうせ誰かに貸さねばならないのだけれど、同じ敷地内に未亡人用の家を建てるので、知らない人に貸したくない。色川さんならちょうどいいから住んでいただけませんか、という。

住んでいただくもなにも、なにしろ渡りに舟である。

不動産屋をとおしていないから、敷金も権利金もなし。家賃も破格に安い。安いというより、家主側でなく、借りる私どもの方が、これくらいなら払えそうだ、という額をいって、それで定まったのである。

川上さん在世中から何度も伺って、勝手を知っているつもりだったが、住んでみると、なるほど流行作家の邸宅だから広い。一月たったが、まだ廊下で迷ったりしている。

訪客を乗せてきたタクシーの運転手が、

「阿佐田哲也がこんな家に居るのかァ」

と軽侮の笑いを見せた由、まったくそのとおりだけれども、なに、ドヤ街だろうと大邸宅だろうと、仮りのすがたで、どこに居たって同じことである。私はそれでいいが、同居人は女で、女はすぐに根づくところがあるから、住めばすぐ大邸宅人間になりそうで、それだけがちょっと面白くない。

しかし、なにはさておき、川上さんとの宿縁を思わずにはいられない。私は今、川上さんが亡くなった寝室で寐ている。川上さんは臨終のときまで意識がたしかで、息をひきとる寸前に、片手をあげて四本指にして家人に示したそうである。四、死、ということか。そういうふうにちょっと気取ってみせたり、また軽やかに死を見せようとするところが、いかにも川上さんらしい。私も、寝ながら、四本指をあげて、ときどき川上さんの恰好を真似してみる。

川上さんは、自分よりも私が早く死ぬと確信していた。また私もそう思っていた。なにしろ川上さんは存外に摂生家であり、私は不摂生の代表みたいだったから。

だから私が死んだあとのことを、折りにふれていろいろと気にかけてくれていたらしい。

私のカミさんに、

「彼が死んだら、俺が全部面倒見るからね、なにも心配しなくていいよ」

私の居る前でそういっていた。

「そのかわり、やらせろな」

先夜、ある酒場で、編集者の某氏が、

「友情だと思いますよ、いい話ですねえ」

一瞬、私は川上さんの友情だととりかけたが、某氏の意向はそれと逆で、私が未亡人の家計を助けてその邸宅に移り住んだように受けとめていたようだった。

全然そうじゃなくて、私の方が助かっているのである。川上さんは、不動産その他で未亡人が何不自由なく暮せるようになっており、あの人がとびっくりするほど後事を考えてあった。それで川上さんと私と、死ぬ時期が前後してしまったが、結局はこちらの方にも配慮してくれて、自分の家に招き寄せられたような気もする。

川上さんは、昭和二十年代半ばに、同じ同人雑誌の先輩として知っていたが、ずっと、会えば挨拶するぐらいで、交際らしいものはなかった。お互いに、女とばくち、まるきり違うコースのように思っていたようだ。

何がきっかけで親しくなったのか、はっきり思い出せないけれど、今にして思えば、川上さんの残された時間をフルに活用するごとく、交際が盛り上った。用事があってもなくても、毎日、電話で一言二言、語り合う。一週間に最低一度、多いときは二度三度、どこかで飯を喰った。

川上さんというのは、そんなに烈しく会っていても、もたれもせず、飽きのこない人だった。率直だが、しかし不必要に攻めてこない。その小説の持ち味とまったく重なるような人だった。

親しくなってから、何度か病院を出たり入ったりした。そのたびに瘦せて、本人はダイエットだといっていたが、ある夕方、新宿の裏道から大通りにふらりと出ていったら、川上夫妻のハイヤーが信号待ちをしていた。

「俺、癌だと思うよ」

川上さんは窓越しにいった。

「どうして――?」

「今、それを検査に行くところなんだがね」

それが最後の入院になったが、川上さんと死なんてまことに不似合で、私は一人で楽観していた。

それからの悲痛な闘病記や、女子医大での奇矯な、しかし実に川上さんらしい病人ぶりなど、こんな癌患者なんて、世界中に一人も居るものかと思う。とりもなおさず、川上さんという人が世界中でたった一人の人だった。

川上さんのことを記しだすと、あれもこれもという感じでまとまりがつかない。その死は本当にショックだった。私はその日、つかこうへいさんと一緒にソウルに居て、つかさんの母上のマンションでその報をきいた。

その夜、すぐに川上さんの夢を見た。

川上さんと連れだって、銀座らしき盛り場の裏道を歩いている。向うから、川上さん好みの、小柄でぽっちゃりした女性が歩いてくる。

「ホラ、あれ、好みでしょう」

「ちがう——」

と川上さんは首を振るのである。

また別の女性が来て、小柄ぽっちゃりなのだが、

「ちがう——」

それからまた一人、しかし川上さんは、執拗に首を振って、

「ちがう——」

それだけ三度くりかえして、夢から消えた。

深沢さんと自然の理

深沢さんが、まさか亡くなるとは思わなかった。いや、心臓という爆弾を抱えて、ここ数年は特に良い状態ではなかったことは知っていたし、今年の暑さは烈しかったから、そういう意味では案じていたけれど、深沢さんという人は、いつも老樹のようになんとなく離れたところに存在していて、お亡くなりになるということのないお方のような気がしていた。

どうも凄い人が皆さん居なくなってしまう。箸にも棒にもかからない私をかわいがってくれた先輩も、おおかたこの世に居ない。私は自分がチンピラの位置に居ないとどうもおちつかない男で、彼岸の方がなじみが濃くなった今、この世の未練がだんだん失せてくる。あの世というものが、布団の中のぬくもりのようにほのあたたかいものに感じられる。

もっとも深沢さんは、頓着のない人だから、亡くなっても、こちらの世界とを往復されるかもしれない。それでなのかどうか、もうお目にかかれないという実感がうすい。

大勢の人に混って、菊の花をお棺の中にそえた。深沢さんは媼《おうな》のようなお顔になっておられた。亡くなられた日、桶川あたりは強い雷雨があって、気圧がひどく不安定だったという。その夜、養子の八木君が足をもんだが、棒のように冷めたく固かったという。

早起きの深沢さんは、その暁方、いつものとおり、お気に入りの床屋の椅子に坐られたまま逝かれた。まさに自然そのもので、亡くなりかたとしてはとても良かったと思う。重たい石を抱かされているようでねえ、といっておられた日常の病苦が消えただけでもよかった。向う岸で元気になられて、ひらりひらりと折り折りにこちらに飛んでこられればよろしい。

深沢七郎さんは、私にとって、なんというのか、小説家というものを身近に思えた最初の人だった。こういう書き方があるのならば、私だって虚仮《こけ》の一念に徹すれば何か書けるかもしれないと思えた。同時にまた限りなく遠い存在でもあって、どうあがいたってこの人に近づき追い越すのは無理だとも思えた。『楢山節考』という作品はそれほどまばゆく見えた。深沢さんと同じ新人賞がとりたくて、それから何年か後に、はじめてその懸賞に応募した。それが幸運に恵まれて受賞しなかったら、つまり深沢さんの存在がなかったら、私はまだ他のことをあれこれやっていただろう。

多分、いかがわしいような経歴に似たところがあったからだろうが、第三者が深沢七郎の弟分みたいのが出てきたといってくれたりして、それだけでも端的に嬉しかったのに、当のご本人が同じようなことをいわれていると伝えきいて、冥利につきる思いだった。その新人賞の受賞者の同窓会みたいなものがあって、はじめて深沢さんにお目にかかったが、小説の印象とちがって、強く大きな声音で雄弁をふるわれるので、圧倒されたおぼえがある。あのときは自分もすこし昂奮していてね、と後日いわれていたが、やっぱり自分のように愚鈍じゃ駄目だなと思い知らされた。『東北の神武たち』も『東京のプリンスたち』も、『笛吹川』も『風流夢譚』も、一つ残らずすばらしくて、足下にも寄れない感じだった。なかんずく『笛吹川』という小説は、あれに近いものを書こうとしても、どうしてもああいう姿にならない。それから『みちのくの人形たち』、『楢山節考』と対をなすような『極楽まくらおとし図』。深沢さんと同時代に生きて、親しく言葉をかけてもらえて、本当に分にすぎる幸せを味わったと思う。

深沢七郎さんという作家は、一言でいうと、自然、乃至は自然の理《ことわり》とそれに伴う曼陀羅を書こうとした人ではなかったかと思う。そこに逃げこんで抱かれてしまうような自然ではなくて、人間の都合や思い入れとは無関係な自然、その理を、これほど厳然と書いた人を、日本人では他に知らない。そうして人間は自然の理に合一するときに至福に達する。

『楢山節考』のおりん婆さんの行動を、悲劇とか、残酷劇のように見る見方に、いつも不満を表明しておられた。映画とか、他人が手を加えるとすぐにそうなるから、自分で戯曲にして、小屋がけ芝居をやるのだといっておられたことがある。題名が〝小屋がけ寿《ことぶき》楢山節考〟。おりん婆さんは本当にそうしたいと思って山に行くので、そこに雪が降ってくる。お婆さんもまもなく死ぬだろう、雪が降っておめでとう、と村の人たちが言い交す、そういう至福の劇にするのだといっておられた。

実際に旅役者をスカウトするために東京の劇場をのぞかれたらしいが、深沢さんのイメージの旅役者と、現在の大衆演劇とでは、かなりのへだたりがあったらしい。それで立ち消えになったようだが、そのとき、おりん婆さんは深沢さんがお演りになるといい、と進言したことがある。まんざらでもなさそうな気配を感じたが、ああいう飄飄としたお方だから旅芝居が実現していたらどうだったか。

お棺の中のお顔を拝見したときも、翁というよりは媼という連想が湧いたが、もともとお顔がお婆さんのお顔だった。お婆さんの平安と沈黙と強さ烈しさを含んでいた。お母さん子で、母上を看取るまで生地を離れなかったということと関連があるだろうか。そういえば、祖母にあたるお方がおりんという名前だったそうで、深沢さんは否定しておられたが、家の人人はお祖母さんのことを書いたな、と噂していたという。深沢さんの独特に見えた理というものも、自然の（大地の）理であると同時に、女性が備えている理でもあったような気がする。

数年前に雑誌の対談でお目にかかった折りに、『極楽まくらおとし図』の話になって、〝まくらおとし〟って言葉は実際にあるんですか、という私の質問に対するお答えが、印象的だった。

今その一節を写しとってみる。

深沢　ええ。場所言っちゃ悪いけど、山梨にね、中学生の頃かな、「死にやした、まくらおとしでごえすよ」っておふくろがいうからね、「まくらおとしって何でえ」って聞いたら、「なかなか息を引き取らないときに、枕を外せば息を引き取る」っておっかさんが言うの。だけどそれをしてくれた人が、垣根なんか結ってくれる人でね、「そんなこんじゃ死にやせんよ」って言うから、「じゃ、枕をポーンと蹴とばすんですか」って聞いたら、「いや、そんなことで死ぬもんですか」それでその人が垣根んとこで、「七郎さん、まくらおとしっていうのはね、こうだよ」って教えてくれてね。

垣根のところで教えてくれるというのが、深沢さんの世界らしくて実にいい。

はじめてお目にかかった頃の磊落な調子が、心臓脚気やら狭心症の進展とともに、気むずかしくなってこられて、訪れる者はいずれもぴりぴりしていたらしい。

ある若い編集者は、何かのことでお怒りに触れて、しばらく間をおいてから伺候した。

「ごぶさたしてしまったので、また叱られに伺いました」

と冗談めかしていったら、

「君、ぼくはなんでもなく、怒りやしないよ。へええ、そんなことを思ってたの」

また大吐られに吐られたらしい。

ここ数年は人に会うのもほとんど拒んでおられたとか。

私は、それこそたまにしか伺候しなかったので、気むずかしい場面にぶつかっていない。たまの客と思ってサービスしていただいたのか。

いつだったか、草加のだんご屋で、

「へええ、これは大先生がいらした」

とかおどけられて土間に膝をついてお辞儀をされた。私も土間に坐ってお辞儀をしつづけたことがある。

けれども、ちょっと何か思いついて品物をお送りしても、

「ああ、この前はどうもありがとう――」

と電話がかかってきて、

「あの類はすべて嫌いでね、ぼくはまだ喰べたことがない――」

とか、

「わたしは喰べなかったけど、くれてやった者が喜んでいた――」

とか、一度も成功した例がなかった。

深沢さんは心臓がおわるいのに塩辛い物が大好物で、お手作りの味噌もすごく辛い。すぐきをラブミー農園で栽培しようと工夫されていたり、それは承知しているが塩辛い物をお送りするわけにもいかない。

「辛子とか山葵とかは塩分がないからわるくないんですよ。良くもないけどね——」

佃煮は浅草の鮒佐のに限るとかで、これはご自身で買いに行って常備してある。あとはお手打ちのうどん、それにギョーザ、かな。ふだん喰べないものはいっさいお喰べにならないのだからむずかしい。

肉も好物だったらしいが、途中でお身体が受けつけなくなった。いつか深沢家の忘年会というのに参加させていただいた折り、牛肉の大きな塊りがどんとおかれ、ご自身が厚切りにして炭火で焼き、最低一人一キロ喰えといわれて、皆が眼を白黒して呑みこむのを愉快そうに眺めておられた。

このときは皆メーキャップをし、歌い踊り、それからプレスリーの部屋に入って、ボリュームを最高にあげた音に浸って気絶寸前になった。

ほんとにたまにしかお眼にかからなかったが、その度に印象的だった。

私が川端賞をいただいたときに、その前に同じ賞を辞退された深沢さんに、なんといおうか

と苦慮していたが、深沢さんの方が、
「それじゃァ貰っとけばよかった。貴方と並べたのにね」
といわれて、本当に新潮社に、今度いい短編を書いたら、わたしにもまたくれるかしら、と電話をかけたそうだ。実に頓着がなくて深沢さんらしい。

出棺を見送った後、武田百合子さんと一緒に、矢崎泰久さんの車に便乗させて貰って帰った。百合子さんはこの葬式のために、前日富士の山荘を出発し、東京に泊って朝発ちで菖蒲町に見えた由。

武田泰淳さんのお通夜のとき、客の帰った深夜に、病院を脱けて一人でやってこられたという。点滴の瓶をさげておられたとか。その頃から深沢さんの脚は、ずん胴のようにむくんでいた。

「あの人、ご自分も結婚なさらなかったようだけど、他人が結婚するのもお嫌いでねえ。うちの花(令嬢)が離婚したときに、電話で大喜びで、それはよかった、まァとにかくよかったって、そればっかりいってくださるの——」

深沢さんは、武田泰淳さんと正宗白鳥さんを深く尊敬しておられた。この選択も実に深沢さんらしい。それからもう一人、谷崎潤一郎さん。谷崎さんのお宅を訪ねて、恐れ多くて中に入れず、塀からのぞいていて巡査にひっぱられたという。

深沢さんのことを記すときに、どうしても避けて通れないのは『風流夢譚』であろう。巨きな画家がひと筆でさっと画いたような魅力的な作品だったが、無辜の人が殺される騒ぎが起きて、深沢さんは七転八倒された。

あの事件が起きなかったら、あの後どんな作品がうまれていたか。私などが想像するのは僭越だが、深沢さんは自然の理の方角から禁忌《タブー》を眺めて曼陀羅の一景として書いたので、より政治的にはならなかったのではあるまいか。但し、あの後、頓着のない視線を四方に送ることを遠慮されるようになった気配があり、眼を伏せてご自分の足もとだけを眺める傾向になった。ご本人はもっとたくさんの物を見ておられたであろうに、そこが惜しい。

ともあれ、深沢さんのような眼の性のいい作家が亡くなって、もうその新作に接しられないのが残念だ。生き残っている者ががんばらねばといっても、深沢さんの抜けた穴は、多分、埋まらないだろう。本物の作家を得ることは本当にむずかしい。この世がだんだん淋しくなり、荒れ果てて行く。

セリさんの贈り物

セリさんが亡くなった。

礼儀正しくいえば、芹沢博文将棋九段。昨暮のあわただしいときに、三度目の喀血入院で駆けつけたときは、くも膜下出血をともなったとかで、もはや昏昏と眠るのみ。五十年の疲れがどっと出たように軽い鼾をかいていた。

その夜半、永眠。不思議に、元気なときの表情に近かった。

大天才少年、未来の名人位疑いなし、といわれた鬼才が、ついに無冠のまま、五十一歳で早逝したわけだけれど、哀しい、惜しい、淋しい、そういういろいろな感情に先駆けて、どうもつくづく、男の死にかただなァ、と思う。

そうしてまた、死ぬってことも、口でいうほど簡単なことじゃなかったね、セリさん、ともいいたい。

でも、とにかく、終った。あとはもう、ゆっくり休むだけだ。よかったね、セリさん。

通夜のときに、写真に向けてそういった。テレビの人にコメントを求められて同じようなことをいったが、その実感はうまく伝わらなかったかもしれない。

つい昨年の春先に、畑ちがいの友人と呑んでいて、たまたま死のことに話が及んだ。私のような年齢になると、病気や死に関することに話が行きやすい。

「人ってものは、観念的に自殺できるものかなァ」

「むずかしいね。そんなことはできないだろう」

「普通の人ならな」

「普通の人じゃないのかい。その人は」

「天才なんだ。すくなくとも、天才としてしか生きられない人なんだ」

「――じゃ、生きればいい」

「それが、そうもいかないんだ」

「どうして――?」

「とにかく本人が、天才としては完うできないと思いこんでる。天才の考えを、天才じゃない奴が覆すことはできないからな」

「――で、自殺か」

「生き急いでる。具体的にそう思ってばかり居るわけじゃなかろうが、心の半分くらいを、その思いが占めてる」

「――その男を、どうにかしようという相談かね」

「どうにもならん。とことんのところ、俺はそう思ってる。――ちがうかね」

その友人は黙ったきりだった。

私のまわりには、各種の天才がごろごろしている。たとえば井上陽水のように満天下を唸らせる種類の天才も居るし、ソバ打ちに異様に傾斜している天才だとか、ピンポン野球の天才とか。日常の彼等を眺めていて、苦もなく生きているようにも見えるし、天才という出っぱりを抱えた分だけひそかに生き辛い思いをしているようにも見える。そうしてまた天才という言葉がそもそも曖昧なもので、男が誰しも備えている急所のようなものであり、その急所の矜持のために皆苦労しているのだというふうにも思えてくる。

セリさんもまぎれもなく天才の一人だった。彼の場合、将棋連盟という組織そのものが全国の天才の集りであり、その中で未来の名人位と騒がれるのだから、天才中の天才なのである。なにしろ、小学校六年生で、時の大名人木村義雄に二枚落で勝ったという人なのだ。もうそのときに、天才としての生き方をおおむね決定づけられてしまう。

彼はその縁で木村名人にかわいがられ、少年の頃からカバン持ち代りについて歩く。

「どこに行っても知事から差し廻しの車が、ちゃんと待ってるんだ。名人はその車を勝手に使

って、帰りに知事室に寄るんだ。ずかずか入っていって、やあ、ありがとう。それだけさ

――」

酔ったセリさんから、この話、何度きいたことか。

少年の眼に、将棋名人というものがどれほど輝いてみえたことか。将棋の奥が早くもわかるだけに、虚名でなしに実がともなっている。大山名人にも、升田九段にも、後輩の中原名人にも、将棋山脈の頂点に対するセリさんの尊崇の念は深い。

そうして、それが将棋に対する思いの深さになっていく。

一流の作品のみが在るので、二流三流は在っても無きに等しい。

芸術家の中にはそう考える者も珍しくない。セリさんもそうだった。名人位か、ゼロか。極端なくらい、そう考えている。いや、セリさんばかりでなく、棋士というものは程度の差はあってもそう思っている。

私は将棋の素人だから、その思いが伝わるだけで、具体的にどんなものかわからない。芸術は将棋とちがって端的に白黒がつくわけでないから、自分だけで一流と思っていることだってできなくはないが、将棋は勝と負と二つしかないのだ。

セリさんはロマネスクで古典的なタイプだったのだろう。ひたすら名人位をめざし、またまわりもそういう眼で眺め、毎年一階級ずつ昇級して、弱冠二十四歳で、名人位に挑戦権のある

Ａ級十名の中に入る。

が、二年保持しただけで、Ｂ１に降級した。棋士の話ではそれでも次の名人位は芹沢、という下馬評が圧倒的だったという。

当時、弟分の中原誠や米長邦雄とガード下で呑んでも、いつも勘定はセリさん持ち。彼等同士で賭けをしていて、セリさんが名人になったら、今日までの勘定の総和の倍額を払え、という定めだった。

中原も米長も、セリさんが名人になるのを疑わず、そのつもりで遠慮なくタカっていたらしい。

選ばれた者の恍惚と不安。

他の者が何をいうこともない。小学生の頃から将棋一途、他の人生を考えない男が、目標に直進していたのだ。

それがなぜ駄目だったか。私にはわからない。またわかったところで仕方がない。酒と女とばくち、これがセリさんを駄目にした、と人はいう。

けれどもセリさんは、頭脳優秀で、先の見えてしまう男だった。一部始終を見ていたわけでもない私にはなんともいえないが、私も若いときに似た経験があるから思うのだけれど、勝負師が、自分を駄目にするほど他のことに没入するわけがない。

おそらく、どこか、自分の才に欠けているものを感じはじめたのではないか。どこが劣っているのか、そこがむずかしい。修業で克服できる弱点もある。克服が不可能な弱点もある。

ばくちの例でいうと、結局、勝敗を左右したものは、自分の生れ素姓だったりする場合がある。ハングリーと超ハングリーが対決して、超の一字に敗れたり。

将棋の実力だけで未来を展望していた芹沢少年が、次第に、棋力だけでは解決できないものの壁に打ち当る。

もう十数年前のことだが、A級復帰のかかった大事な一戦を、弟分の中原誠と闘って、優勢だったのにポカが出、敗れた夜があった。そのとき別室に居た山口瞳さんが、セリさんの凄惨な顔つきが印象的だった、と記している。

直接の後輩の中原誠に、次の名人の器量を見たのであろう。そういう点は天才棋士たちの中でも、セリさんは抜きんでて早い。現実にまったくそのとおりの絵柄になっていく。

私がどんなにもがいても、この当時のセリさんの内心を活写することはできない。それは棋士だけが知っている。中原が、米長が、昨日までの弟分が次次に抜いていく。私がセリさんと急速に親しくなっていったのはこの頃からである。

セリさんの酒は陽気だった。呑まなくても陽気だったが、呑むと陽気さに加えて、傍若無人な所作を好んだ。これは一つには、尊敬する先輩たちの豪気な生き方を一生懸命受けつごうとした気配がみえる。

けれども反面、実に気配りが細やかで、優しい人だった。だからいつもセリさんを愛し慕う人が集る。そうして、傍若無人も、結局はその人たちに対するサービスのおどけになってしまう。

だから彼が私淑する囲碁の方の藤沢秀行のような貫禄はどうしても出なかった。

競輪場の穴場のおばさんたちとすれちがったりして、アラ、先生、などと声をかけられると、顔見知りの振りして、

「よォ、元気か」

「元気よォ、先生もがんばって」

「子供はどうした」

「(笑いながら)すくすく育ってるわよォ」

「認知してやるからな。学校にあがる前に」

「優しいのねえ、惚れなおしたわよォ」

「色男は、辛いねッ」

これが芹沢式サービスだった。

酒色に耽って、あたら鬼才を駄目にしている芹沢博文。

放言と横紙破りで憎まれっ子の芹沢博文。

そういう看板を自分で背負って、なるほど呑む打つ買うの世界を闊歩していたが、荒れれば荒れるほど、内心が冴えてきて、空虚だったのではなかろうか。

自分が目指したコースからはずれて、なんの人生ぞ。そばに居るとその気配が見え見えになっているときがある。

酔って喧嘩を吹っかけられた呑み屋の客が「芹沢ってのは、あれ、平手造酒だな」といったことがある。

セリさんはよく方方で色紙を書いたが、大概は、歩が命、とか、九段の下、八段の上、とか記すことが多かった。私の知る限り、たった一度、
男は、仕事を愛すもの、
と記したことがある。

「いいね――」

と私は即座にいった。まったくセリさんほど、将棋を愛し、自分の仕事に全身を賭けてしまった人は珍しいのではないか。いまだにたくさんの棋士たちが彼を敬愛するのも、セリさんの将棋への思いの深さを感じとっているからであろう。

二度目の喀血入院のとき、セリさんが、今度元気になったら、酒を断つ、といった。永久にじゃないぜ、娘が結婚するまでだ。

愛娘の和美さんが、その頃、若い大野四段と熱愛中で、俺の娘をまさかヘボ将棋さしに盗られるとは思わなかったよ、と例の毒舌を吐きながら、やがて本当に酒を断った。

それは見事な断ち方だった。約一年間、絶えず呑む席に居て、ウーロン茶一本槍。

その時期、酒呑まないと時間があまって困る、といって将棋の他にマルチタレントみたいになって活躍していた。好き放題に生きている、と同時に本当に時間が余っていたらしい。なにしろセリさんは、本質的には健康優良児で、朝は六時七時に飛びおきてしまうという人なのだ。

和美さんの結婚式まで一滴も呑まず、式のあとで無茶呑みして大荒れに荒れた。

しかし私は芹沢アル中説に反対だ。アル中ならあれだけ見事な断酒はできない。セリさんは娘に大きな贈り物をしたと思う。娘が一人前になるまで生きているという約束をして、果したのだ。

セリさんの内心を断言することはできないが、名人位につけないのなら、べんべんと長生きしたくない、という気持がかなり大きくあったとすると、(彼はその種の言葉を一言も吐かなかった)セリさんの精一杯の贈り物だったと思う。

昨年、初孫が生まれて、家族全員で祝ったといって、嬉しそうに写真を見せたことがあった。

セリさんは本当に妻想い、家族想いの、その点では世間並みの父親だった。

でも、同時に急速に生きる意志が降下してしまう。まるで自分の健康さをじれったがるように、ワイン専門で、朝からすでに二本、一日七八本というペースだった。

匙を投げる人が居る一方、真剣に案じる人も多かった。酒をやめさせなければ死ぬぞ。でも誰が猫の首に鈴をつけるか。いろいろな人がそれとなく進言したろうが、仲間の代表として米長九段がその厭な役を引き受けてくれた。結果は、セリさんから絶交を宣せられただけだった。

自分の目指した生き方か。

しからざれば、ゼロか。

この考え方にはもちろん異論もあろう。けれども私は、よかれあしかれ、それが男の生き方であり、男の死に方でもあると思う。

近頃、女子供ふうの生き方や正義がまかりとおりすぎているご時世なので、特にそう思うのだろうか。

セリさんがまだ元気があった頃に、

「どこかに仲間たちと共同で土地を買って、仲間とそこに住む。カミさんたちはいれないで、男だけでさ」

という会話を思い出した。

「俺は沼津生まれだから、富士山と海の見えるところだな。八角形の家を建ててね、まん中はリビング、八方に一人ずつの部屋があって、淋しくなったらリビングでマージャンでもやる――」

セリさんも、半分くらいはそういう気持もあったのだ。

Ⅲ　死ぬ者貧乏

稚気と密室

さて、如何でしたか。一読巻をおく能わずという言葉があるが、おそらく貴方もひと息に読了してしまったのではなかろうか。

私はあまり街に出ないので、本編（吉行淳之介『贋食物誌』）が夕刊紙所載の時分は知らなかったが、一冊の本になり、作者から御送付いただいて（本編に限らず、私は、日本の現役作家でもっとも尊敬するこの先輩からたくさんの御著作をいただだいている。なんと幸福な男であろう）ちょうどその夜、早寐をするつもりで珍しく風呂に入り、パジャマに着かえて、火のない寝室の小卓のそばでこの本を開いた。ページをめくる手がとめられない。ニヤニヤしたり、うんうん頷いたりしながら最終ページのあとがきまで、コップの底をなめるような按配で、全部読みきってしまった。それで身体が冷えこんで、たしか晩秋の頃だったと思うが、数日風邪気味だったことがある。瞬間性睡眠発作の持病があってなかなか活字に親しむことができない私が、である。

御著作を御恵送いただく幸運に甘えているうちに、その幸運の反動であるかのように、うしろのページに小文を記せというお話がきた。軽エッセイを、けっして軽く見るわけではないが、いうところの本筋の小説であれば、私ごときの出る幕ではないし、他に適当な解説者がいくらも居るであろう。これはこれで解説の必要がないくらいわかりやすいものであるし、気楽な気分で何か記しても、作者にも読者にもお目こぼしいただけるのではないか。本編が一〇〇話であとがきが一〇一話なら、その一〇二話ともいうべきスナップショットを記せば、責任の一端をはたすことができるのではないか。

そう思ってもう一度通読してみた。そうして、今、困惑している。完成された高速道路を、べつの人間があとからちょこっとつけたそうとするようなもので、どうやってもうまくいくわけがないのである。本編で話のタネにされているのは、おおむね日常卑近の事柄であるが、実は、何が記されているかというと、吉行淳之介という一個の人物が何十年も培ってきた、知性、感性の綜合であり、いわば吉行さん固有の文化なのである。文化という言葉がこういう場合に適当かどうかわからないけれども、文章の下敷になっているその文化は、軽妙洒脱でありながらも自立しきっており、いうまでもなく私ごときを寄せつけない。

そのうえに、普通ならば作者の文章の余白になっている部分で、すごい才能人の山藤章二さんが、闊達自在ともいうべき猛活躍をしていて、私が参加するところがない。なんとも解説者泣かせの本である。

泣き言ついでにもうひとつつけ加えれば、作家の日常の一端を紹介する場合、その作家がいずれ自分流に書き記そうと思っている事柄や、その逆に、書き記すまいとしている事柄、そのいずれかの部分にお邪魔をしてしまうのではないかという危惧がある。この点もこの小文のブレーキになっているわけである。

昔、私は吉行さんを怖い人だと思っていた。今でも怖い人だと思っている。怖さの感じが少しちがってきて、今は、ニコニコしていて、怖い人である。もちろんこういう怖さの方が千倍も怖い。

けれども、ずっと以前、私などが吉行さんを遠見に眺めていた時分は、お書きになるもので折り折り社交的なお顔がのぞくにもかかわらず、なにかしら憂愁の気分の濃い、神経が細くてぴんぴんと鋭く弾いてくるような人を想像していた。世間の一部にも、そういうイメージを抱いている人が居るのではあるまいか。たしかに何につけずさんな人ではないけれど、そのイメージとは少しちがって、もっと太い人なのである。

誤解をおそれず乱暴ないい方をすると、吉行さんは陽気な人である。すくなくとも人中に出ているときの吉行さんは、本編の中の稚気横溢するさまにそっくりそのままである。或いはもう少し陽気の度が濃いかもしれない。冗談好きで、笑いも大きいし、饒舌である。人中でなくとも、身上判断詩など作って遊んでいると記されてあると、その表情がすぐに頭の中に浮かんでくるから不思議である。吉行さんには初期の頃にすばらしい詩がいくつもあるが、その詩とこの身上判断詩なるものを並べてみると、なお笑いが増し、こちらまでとめどもなく陽気になってくる。

吉行さんが折り折り出かける銀座の酒場に新人のホステスが入り、その一人が早速吉行さんの席についた。彼女は吉行ファンであったらしく、また入店まもなくでもあり、酒場ではこういうふうにサービスするものと彼女が考えていたそのやり方で懸命になった。それで周辺より絶えず一オクターブ高くなる。彼女につきあってこちらもオクターブを高めるわけにもいかないし、だから他の子に向って何か話しかけると、その一言ずつにわきから過大すぎる反響が返ってくる。振り払おうにも彼女は受けているつもりなのだから宿縁のように離れようとしない。

「いやもう、えらい目にあったよ」

吉行さんはその一部始終を面白おかしく語ったあとで、こういった。

「あれはね、テンカツだよ、テンカツ——」

テンカツとは、大正から昭和にかけて魔術の女王とうたわれた松旭斎天勝《しょうきょくさい》のことである。

私は晩年しか知らないが（吉行さんもおそらくそうであろう）、七十歳ぐらいだったろうか。

それでも厚塗りで娘娘した恰好で出てくる。魔術というものはいずれも押しつけがましくものものしいが、天勝というお婆さんはとりわけそうで、実に恬《てん》として照れない。照れずに真正面から金ピカピカのセリフをいう。

「なにしろ着てる物もテンカツだし、化粧もテンカツなんだよ、そう思ってみるとテンカツでこりかたまってるんだ」

あんまりテンカツだから、怖い物見たさに行ってみたくなった、あれがテンカツだって教えるよ、といって（和田誠さんやS社のY氏も一緒だったが）皆で出かけていった。

別の客のボックスに居る彼女を示されたが、噂にききすぎたせいか、大味な感じはあっても遠眼にそれほど大仰には見えない。吉行さんもやや意外そうに、

「あれ、衣裳がちがってるせいか、こう見るとそんなでもないね」

などといっている。おそらく彼女の方も店に慣れてきて修正していたのであろう。その次ご一緒したときに我我の席にきたが、そのときは吉行さんもスムーズに対応していた。もう怖くもなんともないよ、と我我にもいっていたが、或いは、一時はやしたてたことで、配慮していたのかもしれない。

もっともご自身のセリフによると、体調が原因で躁鬱症の傾向があり、人前に出てくるときは常に躁状態のときなのだそうである。

それはきかなくともわかっている。喘息という持病があり、この病気は場合によって神経過敏の傾向をもたらすようだが、その点をべつにしても、人前の顔の他に、密室内の自分一人きりの顔があって当然である。私は後輩としてある意味で大変失礼なのだが、吉行さんのお宅へ一度も伺ったことはない。電話すら、私が入院して死期を感じていた折りをただ一度の例外として、さしあげたことがない。本編中にもチラリ出てくるとおり、突然の他人の来訪が重たい負担になるのを恐れてのことだが、そればかりでなく、吉行さんの密室にほど近いところに伺うのを、依然として怖がっているようでもある。

だから私が試みるスナップショットは、酒場での、麻雀での、パーティでの、吉行さんの人前の顔の方になってしまう。

近頃は、外で仕事をされるとき、好んで帝国ホテルを使われているようである。どうして帝国ホテルかというと、人に会ったり銀座で呑んだりするのにこのホテルが一番便利なのだからだそうで、

「銀座の端っこまで歩いていっても、適当な距離なんだよなァ」

しかし、呑んだあとはハイヤーを呼ぶ。銀座から帝国ホテルまで、目と鼻のところをハイヤーでというのはかなり無駄な贅沢のように見えるけれども、この時間、そんな短距離ではタクシイはいやがるのである。乗車拒否されればまだよいが、ツイてないなァという顔つきをされ、

小さくなって運ばれるのも面白くないし、運転手が不満をあらわにせず気持よく乗せてくれるとなおなお心苦しい、そんな感じなのであろう。ハイヤーならばその点の気遣いがいらない。しかしそのハイヤーでも、同席の編集者などを誘って、

「短距離じゃ車にわるいからね、俺はホテルでおりるが、あと家まで乗ってってくれよ」

これは同時に、夜おそくまでつきあわせる編集者に対する配慮にもなっている。

吉行さんはホテルの前で客待ちしているタクシイにも乗らない。ホテルの前で客待ちしているタクシイは、遠距離の客を狙ってわざわざ居るので、その運転手のもくろみに気をかねている。流しのタクシイをとめる場合も、近距離なら必ず五百円札を用意していてチケットのように渡してくる。

襞のこまかい柔らかな配慮をする人である。それからまた、いつまでも稚気を失わない人でもある。そういう配慮や稚気の下敷に、密室で培われたきびしいものが横たわっている。そこが大勢の人たちから慕われるところでもあり、おそれられるところでもあるのである。

最後にご本人からの電話で今仕入れたばかりの話をひとつ。私はまだ見ていないが、山藤画伯えがくところのこの本のカバーは、雁と貝の絵だそうである。原画を見たとき吉行さんは、

ははァ、雁首と貝か、と思った。男なら誰だってそういう連想が湧く。

すると山藤さんから電話があって、

「雁首と貝を連想してそれでいいんですけれど、他に何か気がつきませんでしたか」

「他に、ですか。ええと――」

「贋食物誌の贋という字は、雁と貝なんですよ。どうです、一本まいったでしょう」

ずっと以前、体操のコマネチ嬢を見て、吉行さんが、カーク・ダグラスに似てるね、といった。同席していた山藤さんが、うーん、と唸って、

「まいったな。そういう発想は似顔絵かき泣かせですよ。いつか一本とりかえしてやる」

といった。そのお返しであろう、といって吉行さんは楽しそうに笑った。


蛇足に蛇足を重ねるようであるが、以上、よろよろと記してみても吉行さんの外貌すらちゃんと描くことができなかったようでまことにおはずかしい。この本の読者は多かれ少なかれ吉行文学の愛読者だとは思うが、もし万一、このあたりを入口にしてという方であれば、数多い長編短編、どれでもよろしい、吉行さんの作品をできるだけたくさんお読みになってください。私としてはこう申しあげるほかはない。作家の肉声は、作者自身が書き記した文章の中にのみ色濃く存在するように思える。

相棒にめぐまれて

三年ほど前に、六ヶ月間病院に呻吟し、難手術が二度続きまして、親もとでは葬いの覚悟をしておりましたし、私の死亡を見越して特集を組んだ雑誌もありました。それが運よく命をとりとめまして、それでも腹はずたずた、二十キロも痩せ、這うようにして退院してきたその晩から、退院祝いの客と二昼夜ぶっとおしで麻雀をやっちゃいまして。

そのとき思ったんですが、どんな思いをしても摂生をする男じゃなし、これからの一年ずつは、せめて悔いが残らないように、毎年、主題をきめて、私にとって新しいこと、果たしにくいことをやっていこう、と。

それで、今まで怠け者で、視野がせまかったので、私なりに知らない世間に出て、私なりの文化人類学的体験をしてみようと思いました。人見知りの烈しい私としては稀有のことです。

もっとも、その気になったのは、アンという女性、若い人妻ですが、彼女と知り合ったのが大きな力になっております。アンは、日本人の父親とユダヤ人の母親との間にできた混血で、父親は、戦前、北里研究所に居り、アメリカにスカウトされて、向こうで細菌学を専攻していた人物。したがってアンはマウイ島生まれのロサンゼルス育ち。しかし十代で父母に死別し、ロンドンに住む叔母の養育下に居たり、日本の女子大に来て卒業したり、その後何度か結婚歴があり、ニューヨークやロスやロンドンで職歴もあるのですが、現在は、ロンドンで結婚した日本人の写真家と一緒に東京に来ております。

英語をはじめ各国語ができて、しかも日本語もうまい。そのうえ、結婚歴の一つに、ジャズギターの名手バーニー・ケッセル夫人だったこともあり、彼と一緒に世界じゅうを飛びまわっていて、まことに旅づよい。言葉のできない私の外国歩きの相棒として、これ以上のぞめない人物でした。

アンと一緒に、アメリカ、ヨーロッパ、エジプトから中近東、それからバハマの方まで、ほぼ一年かけて歩きまわった、その道中記のようなものを、短篇小説風に「小説新潮」誌に連載させて貰いました。題して『ぼうふら漂遊記』。

したがってこの本は、小説のような、紀行文のような、私たち流の恋愛記録のような、ギャンブラーの愚行記のような、どうとってくださってもいい、あまり形式にこだわらない読物としてまとめてみました。

しかし、アンとのこの一年は、私にとって、西欧との対決の毎日でした。骨の髄から東洋人の私、外見は日本人的だけれども、内実は西欧を背負っているアン、巷の風物をとおしながら、二人の会話はいつも両極の代表になり、おのずから個の枠を飛び越えたものになっていきました。私にとって、具象の中でその勉強ができたことが収穫でした。

この方角の仕事を、またもう少し変った形で続けていきたいと思っておりますが、今は、この一冊にまとまるまでのさまざまな楽しさを味わい直しているところです。

一人遊び

私の少年時代、つまり昭和十年頃のフランス映画で、サッシャ・ギトリイ主演「トランプ譚」というのがあった。主演者から推して舞台劇の映画化であろうし、大人向けの喜劇だったろう。当時私は、子供には不似合いな映画を二本立てでたくさん見ていたが、老名優のギトリイ氏を記憶しているだけで、どんな映画だったかまるで憶えていない。後年、自分でポーカーやジンラミーをやるようになってから、もし上映されたらどうしても見たい映画の一本になった。が、多分、日本にはフィルムが残存していないだろう。そんなわけで、この『トランプものがたり』という本を手にしたとき、一瞬、そういう題名の小説か戯曲かと思った。それはもちろん私だけの錯覚で、コレクターの眼から見たカードゲームの歴史の変遷を読物風にまとめた本である。

私の父親は中年で早早と第一線を退き、閑があるわりに無趣味の男で、唯一の楽しみというと、一人碁と、一人でやるカード遊び（トランプ占い）だった。朝起きたときから夜寝るまで、毎日何回でも手癖のように一人でトランプを並べている。

それは何――？

何をしているの――？

私が質問するたびに、父親は仕方なさそうに、占いだ、と答えた。けれども父親は占いのようなことは大嫌いな男で、そうやって何かが占えて楽しむというふうではない。ゲームの面白さに熱中しているというふうでもない。

海軍に居て船に乗っていた頃からついた手癖であるらしく、まァ結局は、無為な時のすごしかたであったのだろう。けれども、なんであろうとそれは一種の執着で、カードを手にしないと彼の一日が成立しないという感じであった。

父親は今年九十四で、ぱたぱたぱたとカードの音をさせながら、まだやっている。

私も弟も、おかげで幼い頃から、無為な一人遊びというものに馴れて育った。そうして私たちは、それぞれ自分なりの一人遊びを創っていった。ちがうところは、父親のが他人のを見覚えたトランプ遊戯であり、私や弟のは自分で創作した遊びだったことであろうか。

したがって、

何をしているの――？

と訊かれても、父親以上に返答に窮する。もっともそういう質問にかりに明解に応じられたとしたところで、どこがどうなるというものでもない。

しかし、三つの部屋で、三人が三様のことをぱたぱたごそごそとやっている、その気配を感じるだけでお互いが身近なものになった。余分な会話や接触は要らない。だから、母親は一人で浮いてしまって、多分、辛かっただろう。

もっとも会話や接触はしないに限るので、生活の中でその必要が生じたときには必らず三者三様にぶつかってしまう。私たちは誰も根本的には折れなかったが、結果としては老いた父親の主張がほぼまかりとおった。自分の部屋でモノローグに没入しているお互いを、平常たっぷり感じ合っていなかったならば、私たちの血縁の関係はとうに破綻していたかもしれない。

ところで、今、私はときどきトランプを手にして、カード手品の一種目をやってみることがある。

大阪にアマチュアだがカード手品の名人が居て、その人はトリックカードはまったく使わず、すべて手の修練によるものしかやらない。だから見ていても迫力がある。

新品のヴァイスクルの封を切って、アッというまにカードの配列を変えてしまう。デッキの上にのせた一枚が真中におりている。(モー牌でなく)モートラと称して指先で一枚ずつ当てていく。その他非常に多種目あるが、私は大望を起こさずただ眺めているだけである。けれどもその中でひとつ、一枚のカードを右手に持ち、数字を客に見せながら、眼前で瞬時のうちに他のカードに変えてしまう技には興味を持った。

ゆっくり記せば、左手に持ったカードデッキの上に右手の一枚をおき、同時にデッキの上の一枚をつかみとる。これだけの動きを右手が動いたと意識させないくらいの早技で、眼前の客の前で何度でもやるのである。

私はときどき、自分の机の前でその動きを真似てみる。もちろん人前でやろうとは思わない。私のは手わすら程度で手練にはとてもならないが、気がつくとときどきカードを持ってその動きをくりかえしている。今のところ、これはまだ一人遊びといえるほど深くなっていない。私の日常は、おおよそ説明のつく動きでおおわれており、したがってなんだか建前で満ちているように思われる。

トランプの歴史や風俗にあまり関心のない私がこの本を手にしたのは、自分流の一人遊びへの郷愁かもしれない。

和田誠は宇宙人

ときどき、ふと思うことがある。

ひょっとしたら（ひょっとしなくても）、和田誠というのは、あれは宇宙人ではあるまいか。そうでなければ、あんなに無雑作に、しかもクロスオーバーして、並並ならぬ仕事をやれるはずがない。

そうでなければ、もうすこし屈託して、よれよれになっている。

識者はいうだろう。無雑作に見える仕事というものは、内実は非常に神経の張った芸なのだ、と。そういうことを私も知らぬではない。けれども、そう思って誠チャンという人間を詮索気味に何度眺め直しても、仕事に苦悩していたり、オーバーワークで疲れはてていたりする気配を感じない。

我我地球上の人間というものは、もうすこしどこか不潔なところがあるものである。表面はシャキッと見せていても、どこか油っぽく、ちぐはぐに濁っている。仕事をすればするほど垢が溜まる。

だが和田誠は汚れていない。どうしてだかわからないけれど、彼が嫉妬したり、恨んだり、うろたえたり、慢心したり、逆上したり、という誰もがやむをえず持っているところの感情の裏面というものを、ほとんど見せない。もちろん喜怒哀楽はあるが、それは非常に彼流にバランスのとれたさりげないものなので、まるで内気な少年のそれのように見える。といって、とりわけ楽天的な、大事なものを感じ落しているタイプでもない。彼の視線はさりげないが、いつもきびしい。

多分、彼もまた、激昂せざるをえないような場面や条件に数数出喰わしているだろう。そういうときに、劇中からスッとおりて観客席に行ってしまうようなところを自然に持ち合わせているように見える。そうして結局、彼は冷静に判断し、行為し、ほとんど感情のほころびを見せずに処理してしまうような気がする。どうしてそうなのだろうか。これは気質というより一種の制御の力なので、諸事優等生であるはずの誠チャンが、どこで、どういう手順で、こうした実際的な知恵を得たのだろうか。

そういえば、彼は観客席でものを見ることが好きな人物である。極上の映画ファンであり、芝居を見、ミュージカルを愛し、落語、ジャズ、諸芸に通じている。

たくさんの絵を描くだけでなく、文章も余芸の域を越えているし、特にパロディを書かせると絶妙のエンタテイナー振りを見せる。近頃はショーの舞台も造るし、六本木でジャズの解説までやり、プロの歌手と一緒にデュエットを聴かせたりする。そうだ、まだある、彼は作詞作曲もするんだ。彼の作った歌でとてもいいのがある。

とにかく行くところ可ならざるはなく、怪人二十面相のごとくであるが、共通しているのは、いずれもが彼の視線の産物であることだ。その似顔絵を含めて、彼は〝見る人〟であり、普通のタレントがそもそものはじめから何かを演じようとしている存在だとすると、和田誠は、〝見る〟ということを演じているということがいえるかもしれない。

よく比較されるけれども、山藤章二さんの仕事は、似顔を描いても、似顔を材料にして自分を演じていく。その作品は山藤氏の主張に満ちている。

和田誠はもっと視線に徹していく。もっと即物的なのである。私にはそれがとてもモダンな仕事振りに見える。彼ほど視線に徹した作業をしている人が珍しいということだけでなく、視線以上のところに踏みこまない制御の固さが非常に新しい。

誠チャンの描く週刊誌の表紙は、一見変哲もない〝もの〟そのものが描かれている。そこには、彼の主張も個性も、今までの我我の概念に沿ったかたちでは、あらわには汲みとれない。けれども、〝もの〟自体が持っている個性や特長は、はっきりと摑まえられている。描いて、それを作品にしているのは和田誠だが、彼は同時に観客席におりてその〝もの〟を眺めている人でもあるのである。

仰仰しいいいかたをすると、〝もの〟の持つ深遠な意味に人人の関心が向かった時代はすでに終りかけているようである。意味が必要なくなったというのではないけれど、本当に信じるに足る安定した〝意味〟というやつが摑みにくい。状況は千変万化、思想や道徳の権威はいずれもさがりっぱなしで、意味にこだわっている限り、まごまごしているとその意味と心中しかねない。

全体の趨勢をいえば、我我はもはや、自分が主役になって、何かを信じ、または何かに逆らっていくような、確信の持てる生き方ができにくくなっているのである。我我は、たえず観客席におりて他人の生き方を眺め、自分らしいと確信しかかっているものを制御しつつ、千変万化、現われては消える大勢の他人の生き方に合わせながら、なんとか安定を求めて生きていかねばならない。

そうしたときに、人人の心に残るのは、一見ナンセンスな〝もの〟そのものの存在である。和田誠はそういう近未来の生き方の名手であると同時に、その本質をつかんで仕事に生かしている。そこが新しい。旧時代の人人が産んだ諸作品が人人の関心をひかなくなっても、和田誠的視線の世界はますます大勢の読者を得ていくだろう。若い人たちが、彼の絵にも文章にも魅せられていくのは当然のことに思われる。

私は絵に関してまったく素人で、何もいうことができない。

けれども、絵描きさんと会っていて、和田誠の絵にあれこれケチをつける人に出会ったことがない。

絵に限らず、同業の人というものは、無条件には認めがたいものである。評価している場合でも一面の弱みをつきたくなるものだし、はっきり口に出さなくとも内心では皆、俺の方が上さ、と思っていたりする。和田誠の場合に限って、私の知るかぎりの専門家が皆ケチをつけない。これは稀有のことである。そうして彼の人柄が皆に愛されていることとも無関係である。

彼は多摩美在学中から優等生であったらしく、アートデザインの業界から若くして嘱目されていた。どのくらい優等生だったかというと、これはあまり世間に知られていないが、煙草のハイライトのデザインは和田誠なのである。

ピースは、アメリカの一流のデザイナーに大金を投じて委嘱した。次のハイライトは、まだデザイン会社に勤めていた当時の若手の和田誠がやった。これを見てもすごい才能だったことがわかる。

最後に私の素人観を一言、つけくわえさせて貰うと、たとえば、彼の似顔絵に描かれた眼である。

いつも簡単な線で、への字だったり、丸だったり、極端にいうと一つの点だけだったりする。それでいて、実に表情が出ている。あんなに簡単な線が、どうしてその人らしいのか、私にはまだ謎だ。

謎にぶつかるたびに、誠チャンは宇宙人なんだから、と悲しくあきらめることにしている。

青島幸男さんへ

青島さん、直木賞おめでとう。何をやっても一発でキメちゃうんだから、すごいねえ。

いつだったか、もう二年ぐらい前になるかなあ。和田誠邸を会場にして、赤塚不二夫がみずから作るギョーザを喰べる小パーティがあって（赤塚さんはときどき発作的にギョーザを山のように作って皆に喰べさせたくなる人である）、そのとき青島さんと初対面だったのに、いつのまにか隅っこで長いこと話しこんじゃって、あいつ等ギョーザも喰わずに何をひそひそやっているんだろうと皆の視線を集めちゃったことがありましたね。

そのとき何をしゃべっていたかというと、お互い中年をすぎたし、本当にやりたいこと、これをやらなければ居ても立ってもいられない、そういうことにこだわっていくのがこれからのポイントであろう、多少バランスを崩そうと、周辺がどういおうと、やるより仕方ないじゃないか、そんなことをこもごも語り合ったのでしたね。

そうして貴方は、いくぶん照れたようにしながら、実は自分も小説を書きたいと思っているんだが、といった。

非常に執着している材料があって、もう長いことあたためているんです——。

それなら書くよりしようがないんじゃないですか、と私はいいました。小説でも書くか、というのとちがって、長年書こうと思っていることがあるなら、書いてみるよりほかに納得のつけようがありますまい。

青島さんの軌跡ほど水際だっていないけれども、私も根っからの小説屋というよりは、あれやこれや、じぐざぐしている方なので、多分貴方はそんな連中の反応をうかがって、踏切りの参考にしようとしていたのでしょう。小説を書かなければ恰好がつかないという人とちがって、貴方の場合、いろいろと逡巡する気持も湧いてくるでしょう。

でも貴方は実に踏切りのいい人だし、努力家だし、私にそんなことをしゃべるのは、もう八分どおり気持が固まっている段階でもあったのでしょう。

そのとき具体的に材料のことまできかなかったけれど、昨年春、小説新潮に書きだしたとき、ああ、いよいよ始動したな、と思って眺めていました。

そうして約一年かかって完結とともに直木賞。お見事というほかはありません。

さて、その『人間万事塞翁が丙午』ですが、雑誌で一回目を読んだときから（貴方はプロのライターだったのだから当然ですが）実にツボを押さえて書く人だな、と思ったと同時に、賢明な人だなとも思いました。妙に小説ぶらず、充分に青島流だが逸脱せず、さりとて平板でもなく、そのへんの案配がなんともかとも適当なんですね。

行儀のいい小説です。行儀よすぎる、と思えるほどです。そのへんはさすがの貴方も、いくらか固くなっていたのかな。いや、それよりもこの材料、登場人物を愛していて、それゆえ神妙になっていると見るべきでしょう。愛着の気配は全編にただよっていて、そこがまた説得力にもなり、ただのハートウォーミングな読物と類を異にしています。

まったく、身近な実在人物を描くということは案外にむずかしいのですね。登場人物と作者の眼との距離がややもすると一定しなくなるのです。実像そのままを移しかえた方がよいと思えるところと、作者の判断や主観で濾過して書いた方がよいと思えるところと、いろいろ出て来て、叙述が少しずつ恣意的に混乱してくるものですが、この小説は主人公に密着するという態度で一貫しているので、そのへんがすっきりしています。これも貴方の賢明さゆえでしょう。

私は東京牛込の生まれ育ちで、お邸町と職人町、商人町が接しているようなところでしたから、山手風と下町風の混血児でもありました。不良少年で街の中にばかり居たから、むしろ下町風に同化しているところが濃いのですが、この小説を読むと、本当にまざまざと一昔前の東京下町のたたずまいが思い出されるのです。下町で本当に生まれ育った人たちのご意見はどうか知りませんが、私のようにつかずはなれず下町を眺めてきた男には、この小説全体が下町そのものに見えました。

　主人公ハナという女性がすでに、申し分のない下町の典型です。母上の実像を追って書かれたとのことですが、巧妙に典型化されているのか、それとも母上が典型そのものなのか、どちらなのかわからなくなるほどです。おそらくどちらでもあるのでしょう。

　ハナさんばかりではありません。おじいちゃん、おばあちゃん、次郎さん、名代の弁当屋の主人役の人たち、またそこに依存し、同時に実際の働き手でもある清さん、助さん、ラクちゃんといった奉公人たち、その誰も彼もが、私が小さい頃から触れ合ってきたたくさんの人たちのイメージと重ね合わせてみると、いずれも寸法がぴたっと合ってしまうんですね。

　お妾さんの謀叛であぶあぶしてしまうおじいちゃんの様子も、おばあちゃんのぎょろっと眼をむく気配も、すぐに実景になって顔つきや手の動かし方まで浮かびあがってきます。

　それからまた、微妙な陰のある太郎さんのかげりもまた下町気質によって特長がつくられているし、ぼたんさんのような女性もあちこちに居ましたね。

　それから焼跡でびんたをくれたまま去ってしまう夫を追って仮寓先まで行く夫婦喧嘩の場面、ああいうところでも下町風です。

　しかし、本当にうらやましいと思ったのは、こんなふうに明快に、肯定的に、肉親のことが描けるということだなあ。青島さんはつくづく幸せな人だなあ。

それで、直木賞。授賞式に、貴方はご家族を連れていらして、心が弾んでたまらないというふうな挨拶をされたあと、母上を壇上に呼んだ。また母上がイメージどおりの方で、たった一言の挨拶がとてもよかったですね。

「――どうも皆さん、お世話さまでした。ありがとうございました」

たしかこんなふうだった。

いい晩でしたね。しかしまた、これからしばらくが、ちょっと大変なところですね。受賞第一作とか、なんだかだとジャーナリズムが寄ってくるでしょう。慣例にしたがえば、すくなくとも次回の直木賞が定まるまでは、新直木賞作家として、自分のペース以上に過密な仕事をしなければならないようです。

でも、そんなことはお気になさらない方がいいと思う。貴方は単なる新人作家ではなくて、堂堂たる議員さまでもあるのだから、威張って片っ端からことわっておしまいなさいよ。

あたふたとつきあい仕事をしたって、力を分散するだけでつまりません。私の場合など内心でそう思いつつ、やはり思うにまかせぬものがありましたが、自分が本当にやりたいことをやる、そのことにだけ私たちの余生は費やされるべきです。

賢明すぎるほど賢明な貴方には、もちろん自明のことでしょう。私などが、お祝いの言葉以外に何も申しあげることはないのですけれど。そうしてまた、私と青島さんを一緒にして物をいうのも雑駁なことなのですが。

私は五十を越しまして、いまだに遊び人の域を大きく脱せられないような男ですが、しかしまた同時に、自分で何屋だというふうに規定しないようにつとめてもいます。それがいいというのではなく、そういう条件を自覚しながらやってきたのです。それは、縛られずにやりたいことをやるという点では、便利な生き方のようです。

が、同時に二兎を追う危険にたえず直面してもいるはずです。他の生き方に眼もくれず小説一本筋で来ている人たちは、必ず一本筋で来ているだけの力を持っています。彼等と同じ競争をしたら負けます。私はそのことを思い知り、また思い知ろうと思っています。青島さんも四六時、小説に時間をさくことは今後もできますまい。それで専門職と同じ造り方をしたら損です。必ず小手先芸になります。私たちは専門職にはできない、ちがうやり方をする以外に彼等と競争する術はありません。それは本当に執着しているもの以外、書かないことです。

議員に選ばれても議員屋にならなかったように、賞を貰っても、小説屋にはならないでください。いずれまた。

あたたかく深い品格

文は人なり、という言葉がある。特に日本語の文章は、字という記号を使って正確な伝達を旨とするばかりでなく、感性を凝らして勘でひらりと字句を掬いとっていくような趣きがあるから、なおのことパースナルになる。

文は人なり。もうその見本がこの一冊の本であろう。こういう本に解説は無用で、一読魅了されつくした気持にとどめを与えるように、ただ、文は人なり、と大書して終りたい。私のこの気持は、本書（『犬が星見た』）をお読みくださった方方ならわかってくださるかと思う。が、与えられた紙数があるから、蛇足を書く。武田百合子さんというお方、実にどうも、伸びやかで、寛やかで、しかもまっすぐで、ヴァイタルで、優しくて、美しくて、聡明で、そしてそれ等のすべてが合わさって、あたたかく深い品格を形成している。こういうひとを生涯の伴侶にすることができたら、というのが男の夢であろう。だけれども、それは武田泰淳氏のような巨きな人でなければ果たしえないのである。天の配剤というべきか。泰淳氏はまことに神のごとき透徹した眼で、街の中から彼女を発見し、その資質をすこしも損わず、すくすくと育てあげた。すごい人だなあ、と思う。

「やい、ポチ。わかるか。神妙な顔だなあ」などという泰淳氏もすごいが、それを受けて、犬が星見た、とタイトルをつける百合子さんもすごい。

「百合子、面白いか、嬉しいか」

「面白くも嬉しくもまだない。だんだん嬉しくなると思う」

この返答がすごい。人はなかなか自分の心に即した簡略な返答を返せないものである。そうしてその有様をすらっと文章に掬いとってしまうところがすごい。すごがってばかりいるようだけれど、だって仕方がないのである。この本にはページごとに、すごいところがある。

固い便所の扉を開閉のたびに手伝ってくれたアルマ・アタの少女二人。手を洗う百合子さんをよくよく観察している少女たちに、

「ああーあ、何だかとてもおかしかったね」

そういうロシア語を知らないから日本語でいう場面。平易なようでいて、こんなふうにヴィヴィッドには、とても私には記せない。

レニングラードのロシア青年から踊りを申しこまれる。(あたしのことを美人だなあと思っ

たからやってきたのだ。いい気持だ）

それで踊っていると、ベトナム人だろう、としつこく訊かれる。

――ベトナム人でも中国人でも、私はかまわないのだ。うん、ベトナム人だよ、といってやりたい。でも「ベトナム？」と寄ってくる人たちの顔つきは特別なのだ。尊敬しているというか、いたわるというか、そういう眼差しなのだ。うん、そうだよ。などと言っては、まるでサギではないか。――

そのうちにどうやら日本人らしいとわかって、ロシア青年は踊り終ると、つまらなそうにいってしまう。

それから、ドッカーン、と音がした自動車事故のところ。「ドッカーン」「ドッカーン」と発声して、はっと驚く仕草をしたり、心をつくし手をつくした末に、「ニエ、パニマーヨ（わからない）」と首を振ったりする場面。

「ハバロフスク、ハラショー。オーチン、ハラショー」といって老人を喜ばせる場面。

骨董屋に入っていって、禁煙の標示板を欲しいといいだし、結局、ねじまわしではずさせて貰ってしまう。お礼に鶴の折紙を差しだす。その場面の店主や作業員の表情。

微笑ましく、ヴィヴィッドなスケッチは数限りないが、それとともに、親善、などという文字が空空しくなるほど、人人と直に融合してしまうすばらしさ。これはもう天使のおこないである。しかもこれが異国初体験の女性の行為なのである。

そういえば、これは百合子さんにとっての処女文集である『富士日記』で省かれていたロシア旅行の日日を一冊にしたものである。文は人なり、であるにしても、どうしてこんな文章が書けるのか、私は絶望する。

津軽海峡の描写、——行き交う船影もない。海上はうす白く煙って油を流したように凪いでいる。切り裂いてゆくように、大きくめくれた波を作って、この船だけが走っている。

まことに明晰で、贅肉がない。かっきりと情景が浮かぶ。しかも、情感に溢れている。

天山山脈の遠景も、ただの遠景としてばかりでなく、大きな自然として、眼に浮かぶ。

砂漠の風景。生まれる前に、ここにいたのではないか、と彼女に思わせるたくさんの事象。

少女の鼻汁、骨組だけの自転車、犬、猫、かぶと虫、チラッ、チラッ、と白い閃光になって走るとかげ。

限りなく明晰で、限りなく情感的な名文がここにある。風景だけではない。

チャカチャンチャカチャカチャカチャカチャアアアア、ヒララァピラララァア、ピラピンピラピラピラララアアアア。

擬音を記して、こんなリアルなものも珍しい。見知らぬ音楽が、ちゃんと私の耳の中に蘇生してくる。

モスクワでの最後の夜の大合唱も圧巻だ。この三ページほどに、さまざまな感性、内容が明晰に盛りこまれている。それとともに、昂揚し、喰べ酔うさまが見事に伝わってくる。平易に見えるがユニークな技法で、私などには逆立ちしてもできない。品格の相違、眼の性の相違とはいいえ、自分が長いこと文章を売ってすごしているのがはずかしくなるのである。

これも蛇足であるが、私は武田泰淳氏、竹内好氏をほんの遠くから存じあげている。特に武田さんは、巨きな作家、巨きな人、と思うだけでなく、私をはじめて物書きの世界に手招いてくださった方のうちのお一人である。尊敬と恩義の念を抱きながら、人見知りの私は一度も、拍手をくださったお礼にも伺わなかった。新人賞をいただいたくらいで人並みな顔つきで押しかけていくなど、心の貧しさを見破られそうな気がする。当時の私はほんの未分化の猿のような状態で、武田さんの眼の玉に私の姿が映るさえ恐縮に思っていた。

ところが、何度か、不意に街角などでばったりぶつかってしまうのである。武田さんはあんなにえらい作家であるにもかかわらず、そういうときに、どぎまぎちぐはぐされる方で、そこが巨きさを感じさせるところであるが、一度などは、私の生家のそばで、私が浴衣がけで銭湯に行く途中で、角を曲がったとたんに、車に乗りこまれる武田さんと不意に顔が合ってしまった。武田さんはいったん乗りこまれた車の中からもそもそとおりてこられて、非常に慌てた表情で丁寧におじぎをされると、恐縮している私をおいて、また身をかがめながら車の中へ——。

飛行機の中で似顔絵を持たされてしまって、「百合子。ほら。はやく。何かないか。お礼。お礼——」などといっている武田さんのお姿が、私の中の印象とだぶって笑いがこみあげてくるのである。そればかりでなく、活写されているひとつひとつの情景が、もう今は亡い方にまたお目通りしているようななつかしさが湧いてくる。私などはこの本で、長年の意がかなって、武田さんと親しくさせていただいた。

しかし百合子さんとすれば、本書の存在がまた悲しみのアルバムでもあろう。武田さんも、その終生の友竹内さんも、この旅を了えられてまもなく、それぞれ病いに伏された。篇中の折り折りに、あとにして思えば、というその気配が蟠まっている。そうして百合子さんが、まことに優しいのが哀しみを誘う。

武田さんが亡くなって、何年かしたある夜、新宿の小さな酒場のカウンターで、偶然、百合子さんと隣り合って、私は愕然とした。それ以来、親しくおつきあいをさせていただいて折り折りにお酒を呑んだりしている。何度も、「退りおろう——!」という私自身の声がきこえて、そのたび私は飛びあがり、土間に平伏して、師ともいえる人の夫人と肩を並べて酒を呑んでいる慢心を恥じる気分になるのであるが、百合子さんの方はおおらかで他意なくつきあってくださる。

本篇が読売文学賞を得たお祝いの夜、埴谷雄高、中村真一郎、島尾敏雄などの先輩諸氏が他人事でない喜びようで、心のこもった二次会、三次会があったが、その宴のあと、百合子さんを送りがてら、はじめて赤坂のお宅にお邪魔した。

百合子さんのお宅の茶の間には、まるでお通夜が何年もそのまま続いているかのように、祭壇が大きく中心に据えられ、武田さんのお写真が笑っていた。

時代の浮草

いまだに忘れかねていることがある。戦争が烈しさを加えていた頃だったから、昭和十六、七年頃か。毎年秋に情報局主催のなんとか演劇コンクール（当今の芸術祭みたいなものか）があって、大劇場だけでなく、浅草の各劇場や新宿ムーラン、両国のかたばみ座なども参加しており、その劇評が都新聞（現東京新聞）に載った。

そのとき浅草金竜館は、青柳竜太郎、和田君示、益田喜頓《キートン》、小劇団三座合同という座組で、そのうち喜頓主演の一本がコンクールに参加しており、これはアチャラカ劇ではなくて、時局便乗劇のようなものだったとおぼしい。筆者も忘れたし文意もおおざっぱにしかおぼえていないが、喜頓のような風船玉のような頼りない個性の役者が、召集令状が来て勇躍出征する主役をやるなど、皇軍を侮辱している。聖戦下、こんな役者が演ずる役などあるわけはない。即刻抹殺すべし、云云。

益田喜頓は当時、あきれたぼういずが時局に合わずに解散、そのあと大映映画『歌う狸御殿』の河童の役に登用され好演したが、結局ボケ役の活躍できる時代ではなく、鳴かず飛ばずになっていた。彼としては追いつめられた思いの舞台だったのだろうが、アチャラカが駄目、便乗劇もダメ、風船玉は消えろとは酷ないいかたで、喜頓氏におおいに同情したものだ。その劇評のせいかどうかしらないが、それからまもなく彼は役者を廃業して、戦争末期は故郷の函館にひっこんでいる。

しかし、このことが一倍印象的だったのは、その当時、いわゆる軽演劇の劇評などはまったくといっていいくらいに新聞には載らなかったのだ。(戦争が烈しくなる前にはキネマ旬報誌にヴァリエテという欄があり、私の知る限り小劇場レビュウ評はこれだけ)小劇場は番組の新聞広告さえ、都新聞以外のところにはほとんど出さない。浅草喜劇はインテリには無縁のものとされ、浅草の人気者は浅草ではスターでも、一般には無名に近い存在だった。このことは、喜劇が正劇(という言葉があった。つまり、ふざけ散らさないでまじめに〈!〉やる芝居をさす)にくらべて、この国ではいつも数段低くあつかわれてきたこととももちろん関連している。

当時の浅草喜劇は山手家庭人種から見ると、一種の悪徳の巣であった。現今のストリップ小屋とドヤ街の印象が合わさったようなものであったろうか。私が少年期、この巷に足を踏み入れていたことが発覚すると、母親が怖ろしげに私をみつめて涙をこぼした。学校をサボって映画館に行った、ということとは数段階ちがう行為だったのだ。私は私で、浅草でしか(といって全国の興行場から見れば格上の檜舞台であったのだが）評価されないコメディアンたちが、広い世間で評価されるようになることを祈り、チラとでも彼等の名が活字になると無性に嬉しく、自分が認められたような気になったものだ。だから喜頓の劇評を心おどらせて読み、その酷な意見に私自身がなぎ倒されてしまったようなダメージを受けてしまうのである。

それから長い戦後の時間がたって、喜劇及び軽演劇の位置はほとんど変らない。喜劇人の側にも多少の問題はあったが、民放テレビ時代になっても一見百花繚乱のようでありながら、その実便利に番組の隙間を埋めていく道具にされるばかりで、アドリブ劇に対するちゃんとした評価は芽生えなかった。一方で、アドリブ音楽であるジャズには、コレクターや評者が徐々に増えていったのに。

そこへ本書（小林信彦『日本の喜劇人』）の登場である。風船玉は抹殺すべしという往時をかえりみると、夢のような出来事だった。最初にこの原稿が連載された「新劇」という雑誌の発行を待ちかねる思いで毎月買った。単行本が版を重ね、定本まで出た今も、単行本と並んでその雑誌は私の本棚に並んでいる。

実をいうと、私も、自分の故郷ともいうべき喜劇人の世界（そのくせ私は客席に居るだけで一度も喜劇の世界に関与したことはないのであるが）について、自己流に記してみようとずいぶん長いこと思っていた。この『日本の喜劇人』を一読してその考えを捨てた。小林さんと私は、小説の方でも、まァ同業者であり、あざとくいえばライヴァルのようなもので、こんなふうなことはなまなかな気持で記したくはないのだが、この本は新鮮且つ鋭敏、完璧である。日本の喜劇人を記してこれ以上のものができようとは思えない。

私などがこんな蛇足を加える必要はまったく無いのであるが、私は小林信彦さんよりいくらか早くアチャラカ喜劇を見はじめた。その点を利用して、小林さんの視線をいくらか補足しておこうかと思う。

浅草オペラや曾我廼家《そがのや》喜劇に代って、カジノフォーリーにはじまる浅草ヴォードビルが勃興していくのは、一言でいえば、資本主義社会の整備によって人口を増した小市民サラリーマン層の生活テムポに合ったからである。ガーデン前を利用してどんどん場景を変えていく運びや、

「どこへ行くの」

「――あっち」

というようなスピーディなセリフ、いずれもそれまでの喜劇にないものだった。もうひとつ見逃せないのは、トーキーの出現でミュージカル映画がアメリカで盛んになったが、日本映画はまだ機材の関係で、この傾向を輸入できなかった。浅草ヴォードビルと少女歌劇が、この時期、日本映画にかわってバタ臭い音楽的要素を吸収していたのだ。

そうしてまた同時に、本書の著者が指摘するように、差別されていた下層庶民、商店労働者

などの顧客が求める精神的解放の要求にも応じなければならない。

中心人物のエノケンには、絶えずこの二方向の要求があったと思う。私見では、エノケンの魅力はヴォードビルの方角にあったと思うが、結局、彼は庶民喜劇のスターになった。ヴォードビルにあくまでこだわっていたら全国的なスターにはならなかったろう。

エノケンの対抗馬だったロッパが、小市民モダニズムの方を受持ち、庶民喜劇の荷い手エノケンとともに、両方とも大劇場進出を果たしていく。同じ頃、東宝映画が彼等をかかえて勃興した。東宝の前身PCL（音響技術研究所）の名が示すように、音の処理のよいスタジオを持ち、この会社はもっぱら音楽喜劇で稼いだわけだ。

浅草ヴォードビル――軽演劇にとっての天敵は、戦争だった。戦時体制の強化で、本家の外国映画が杜絶《とぜつ》しがちになり、庶民生活の変転もあって、初期モダニズムはリアリティを欠きはじめた。しかしもともと外国映画の海賊版から出発しており、自立できる強力な作者を欠いた。十日替りで三本も四本も粗製濫造劇を上演するという興行システムも災いして、昭和十四、五年頃にはもはや初期の光りを失っていたのだ。

ところが戦時下、フィルム不足で封切映画の本数が減り、映画館が実演劇場に転身せざるをえなかった。そのため、あきらかにマンネリズムに呻吟していた軽演劇が、現象的には百花繚乱の有様になる。そうして戦争が深まり、他の娯楽が乏しくなったせいもあって（映画は戦時色が濃すぎて娯楽の要素を欠いていた）観衆がこれらの劇場に押しかけた。その代表例が清水金一である。シミキンは貴重なアチャラカ役者であったが、以上のような状況も幸いしていたのだ。

戦争が終ったとき、軽演劇が急速に観衆を失った原因に、インフレの高騰、入場税の問題、他の娯楽の復活、などがあげられており、それはそのとおりであるけれども、本質的にもうずっと以前に精彩を失っていた。

その理由をモダニズムの方面からいえば、主として弱小スタッフのせいで、せっかく新しい芽になりかけたアドリブ芝居を、ちゃんと認識し育てることをせず、当事者自身が日本独特の喜劇軽視に染まって、旧態の人情喜劇に安住していたことであろう。

さらにそれより大きな理由は、敗戦を迎えた混乱期で、それまでしいたげられていた下層庶民が自力で世間を闊歩し、ヤミ景気に酔っており、古めかしい人情喜劇などになんの意味も見出せない時期だったのである。

与太郎風のおっちょこちょいの代表選手で、それまでの浅草喜劇に密着しすぎた清水金一はまったくかえりみられなくなり、いくらか線が細いために二番手の存在に甘んじていた森川信や有島一郎などが、コメディリリーフ的な存在としてわずかに生き残る。

そういう折りに、三木鶏郎グループや森繁久彌などの新勢力が出現してくる。

森繁以後の図面は、本書の指し示すとおりである。むしろ私は教えられることがとてもたくさんあった。小林さんは、戦時中、乃至敗戦直後の清水金一、森川信などをあまり見ていないので、というけれども、以上の理由で、はっきりいって彼等が君臨していた時期の浅草喜劇は、時代という水面に咲いた浮草の花であった。御覧になっていなくとも、全体の把握という点ではほとんどさしつかえない。

今回、新たに書き加えられたという末尾の原稿、「高度成長の影」という一項が、私にはまたすこぶる魅力的なものであった。喜劇、乃至喜劇人というものが、時代の趨勢に左右されながら、いかに新生し、変生し続けていくか、あますところなく明確に描いている。この一文によって、ユニークな庶民史が今日の我我の現実にぴったり接続してくるのである。

陽水さんがうらやましい

いい年をして――、と女房がいうのである。若い人とばかりつきあってるんだから、フン、今さら恰好よくなるわけでもないのに。

五十男が陽水さんと友だちになってはいけないのだろうか。

男は三十すぎたら年齢などはないという。陽水さんももう三十に手が届いたはずで、してみると私と彼は、同じ年のようなものである。どうしてそんなふうにつるむようになったかというと、年齢や環境条件を超越して、私の一人合点の方角からいうと、井上陽水という人間を、なんだかとてもよく理解できるような気がするからである。多分、これがファン心理なのでもあろうが、彼の喜びも哀しみも、望みも挫折も、自信からくる矜持も劣等感も、伸びやかなもの、鬱屈、エゴ、男っぽさ、優しさ、それ等のよってきたるものすべて手に取るようにわかるような気がする。彼がどれほど自分を抑制して行儀よくしていても、その抑制の在りようが親しくわかる（ような気がする）のだ。もちろんこれは、陽水さんという人物が持っている力なので、なまじの人間には他人をこんなふうに引っ張り寄せられない。

先夜、陽水さんの親友で、最近マージャンを覚えたらしい沢木耕太郎さんと酒場でこんな話をした。

「マージャンが勝てるようになるポイントは何ですか」

「そうさな、まず、先取点をあげることかしら」

「なるほど、野球と同じだな」

「勝負事はなんでも同じだよ。追込は条件はわるい。先行すれば七分の利」

「そうすると――」と勘のいい沢木さんがいった。「井上陽水なんざァ、さしずめ初回ホームランを含む大量先取点をとっちゃって、楽だなァ」

「いや、但し、むずかしいのはそれからだよ。勝てるゲームを勝ち切ることが大変なんだ。将棋さしもよくそういうね」

陽水さんも沢木さんも先取点に恵まれた人たちである。当初の苦労はそれなりにあったろうが、とにかく若いうちに先取点がとれた。彼等の前途は洋洋として広い。ほぼ同じ年などといっているが、私にはそれがうらやましい。

野球でも、ピッチャーインザホールに追いこんで、自分の好きな球だけを狙い打つことができる場合と、バッターインザホールに追いこまれて、どんな球にも手を出していかねばならぬ場合とがある。同じ力量なら、前者が七三で有利だ。陽水さんは、まずその有利な条件をかちとった。

ところが、人間というものは、往々にしてこうなると、慎重な安全策をとることが多いのである。なんとかリード点を無事に守り切ろうとする。

野球は九回が終れば逃げ切れるが、人生というものは、或いはプロというものは、トータル勝負であり、生涯が終ったときでなければ結着がつかない。守り腰だけでは逃げ切れないのである。

リードしているときこそ、闊達に、好きな球を本腰を入れて打つべきなのである。かつての極めワザの上に、新しい極めワザを上乗せして、ワザの間口奥行を拡げていくべきだ。不運にして加点できず、同点にされたとき、安全策を行使してまた先取の一点を狙えばよろしい。

唄の世界は私など素人だから口をはさまないが、陽水さんのマージャンは、ひと頃、守り腰になっていた。彼の日常にもその色があった。それは当然のことだ。普通の青年では考えられないような大量の先取得点を得てしまったのだから。そうして陽水さんは、自分がこれまで感じとってきたもの、取得してきたもろもろのものを、きっちりコントロールして、ほどのよい自分を造りあげようとしていた。陽水さんの守り腰とはそんなふうなもので、とても彼らしかった。

ところが、ほぼ一年くらい前あたりから、マージャンも日常も、少し変って、積極的になってきた。それはとてもいいことだ。リード点がある間は、何をしても許される。どんどんクロスオーバーすべきだ。概念にこだわらず、自分の本当に好きな球だけを狙い打ち給え。君のリード点はちょっとやそっとでは消えやしない。

ここに全詩集が一冊の本（『ラインダンス』）になった。誰よりも彼自身が、これを眺め、昨日までの自分をさらに深く認識し、これから何をするべきか考えるだろう。そうしてまた確実に加点を重ねていくだろう。

ああ、陽水さんがうらやましい。彼の若さが、誠実さが、烈しさが、優しさが、私を嫉妬に駆りたたせる。

未完の重たさ

畏友長部日出雄氏の『未完反語派』しみじみ味読いたしましたが、どうも私は、この作品を離れた立場で冷静に批評したり、ガイドしたりすることができません。この作品に限らず、私には作者の作意に沿ってものをいう能力がうすいようで、書評なるものを記すときにいつも難渋するのですが、とにかく、一読者として、私の現況に引き寄せた半端な感想を記します。長部さん、勝手なことを書き散らしますが、大要は、私が今落ちこんでいるレベルの私事でありますので、お気に留めないでください。

この小さな島国に産まれた〝誠実な〟作物にしばしば備わっている特長は、その一篇全体が、ひとつの人格というか、こころというか、そういうものを感得させてくれるところにあるような気がします。それは作者のこころにも似ていますが、ある場合収縮されていたり、また無限に広がっていたりしていて、やはり作品のこころというべきなのでしょう。この、三代三様の主人公が居て、風狂から古学まで、人民文庫から日本浪曼派まで、庶民から貴人まで、それらの中間部を含め、両立しえない思索や生き方が幾筋にもなっている物語からも、私はやっぱり、作品が持つひとつの人格の方を強く感じました。全体を通じて、作者が、一人で、毬投げをしている。受けとめたり、投げ返したりする確とした相手は居ません。一人毬投げですからいいかげんなことでは形象化できないので、誠心誠意、そして全身の力で、永遠を志しながら虚空に毬を抛ることになります。しかも毬は抛物線を描いていつかは地上に落ちる。その転がり方を最後まで見定める、それが一篇の作品になってくるわけでしょう。

主軸をなす江戸期の文人建部綾足、この、あらゆることに才気を有しながら、ついにさすらうばかりで途上の生涯を送ってしまう人物を叙す部分は、まことに配慮が濃く、厚味もあり、特にひきこまれて読んでしまいますし、篇中の具象にこだわらずとも作者がこの典型人に眼をつけた眼力をうらやましく思いますが、しかし綾足自身がどう考えようと、彼の晩年は終着でなくまるっきり途上にすぎないわけで、だからこそ作者は、綾足の一生を描いて筆をおくわけにいかず、続く年月、時代に筆を染めなければならない。しかしやっぱり、誰が登場しようと、一人毬投げであるかぎり、途上にすぎません。

私は、一人毬投げに対し、冷淡な感想など抱いておりません。それどころか、私も、長年月、一人毬投げをやっておりました。作者の苦衷がよくわかるような気がいたします。自分の作品が、人間界の模様を叙すものであるかぎり、まず、(何等かの意味で)人間らしい人間を登場させなければならない。人間らしくないものが、いかに篇中活躍しようとも、人間の物語として強い説得力を持つわけにいかないであろう、そう思って、その人間を自分流に造形しようとすると、もうそのあたりで力がつきてしまうのです。にもかかわらず、作品というものは、ただ人間らしい人間を登場させただけでは目的を完うしないので、その先に、人間と、人間より大きく人間を律してくるものとの葛藤が必要でありましょう。ところが、そこまでとても私の力では行けません。もし途中から、意図だけを開陳していいものなら、私にだって少しは意図がなくもないのですが、この島国の風土の中の産物に関して、そういうものに出会ったことがありません。私どもはそれぞれ、微妙な、ひとつひとつのこころを持っており、概念や観念をキャッチボールの相手としては容易なことでは信じにくい。したがって日本語を皆が使うが、強い説得力を喚起するような厳密な意味での共通語は無に近いようにも感じられます。私が今、しおたれて、もう筆を投げ捨てたい思いに閉ざされているせいかもしれませんが、汗みずくで、こころを追っかけて、そうしているうちに毬が地上に落ちてしまう。まったく、こころというものは厄介で、埒のないものです。

長部さんは、日常でも、事の大小軽重を問わず、しばしば怖ろしいほどまともな視線を当ててきます。以前の長篇『鬼が来た』でも示されていましたが、心配りや優しさを含めて、一人毬投げを息長くやれる資質の人です。『未完反語派』も私は顔をひきしめ、最後まで篇中に浸りながら読み終えました。にもかかわらず、しおたれた自分が、勇気を与えられるまでに至りませんでした。

無礼ないいかたになりますが、長部さんも、この力作を書き終えたあと、全力投球をした充足とはべつに、ふと、しおたれた気分におちいるのではないかという気がしました。篇中の末尾に近づくほど、作者の筆の運びにそうした弱弱しさが現われているように思えたのです。作品全体からひとつの人格が感得される、と記しましたが、それは主に一人毬投げの迫力であり、また何も凝集せず無限に拡散するかのようなこころを執拗に追う真摯さでもありました。しかし、この小説を発想したときの意図はそこで留まるものではなかったのではありますまいか。

綾足の永久途上のようにさすらっていくこころ、保田與重郎の、自身は論に定着させているけれども、こころで探っている以上、やはり途上でしかない人格、本間健吉の戦中の生活者としての揺れ動くこころ、娼婦のこころ、その他さまざまなこころが、何等の規範なしに、すべてこころという名で呼ばねばならぬむつかしさ。篇中の誰も彼もが、それぞれ一人毬投げをしており、作者自身も一人毬投げでそれに対処していくよりほかのないむつかしさ。それに（むりもないことですが）誠実なだけにやや疲弊した観があります。

にもかかわらず、人人を焼き、この島を地獄におとしこんだ戦争が厳としてあるわけでして、この断面図と、主観のままにどんなことだって考えられ、永久途上などと澄ましても居られるこころ、しかもそうやって生きるよりほかなさそうに見受けられる私どものこころとの、関係、葛藤、相剋。おそらくこのあたりが、作者のもともとの意図だったのではありますまいか。

この小説も、この島国の他の多くの作物と同じく、そこまで至りませんでした。作者は生というものを、こころに沿って眺めようとし、こころの持つ埒のなさに巻きこまれて悪戦苦闘したようでもあります。他人事ではありません。私はこの悪戦苦闘にやはり拍手を送りますが、もう一言だけいわせてください。題名の〝反語派〟は素直によくわかりますが、〝未完〟という言葉は、質量の点で、反語派という言葉と似合っていないようにも思われます。反語派であろうとなかろうと、おのおののこころに依存するほかなく見える私どもの誰が、未完でない者が居りましょうか。

ギャグによる叙事詩

実にどうもこの、なんといおうか、馬鹿うまの小説が現われた（W・C・フラナガン、小林信彦訳『ちはやふる奥の細道』）。視聴覚文化の世となり下って、小説も、古典落語と同じく片隅のほんのひとにぎりの人人の関心しかひかぬものになりゆくかと見えたが、こういう作品が現われればまだまだ大丈夫で、活字の楽しみも捨てたものではない。どうもうっかりしていたが、面白いものを創り出しさえすれば、何がどうなろうと天下が眼を向ける。

もっとも、そういうことになれば、同業のはしくれとして、我が才能の軽きことに思いが至り、やっぱり心が晴れない。小林信彦さんとか、筒井康隆さんの作品を見ていると、折り折りに、あ、これは俺がやってみたかったことなんだ、などと小膝を叩いたり口惜しく思ったりすることがあるが、なに、あとからそう思うのは誰だってできる。まあしかし、こういう作品を書いたあとは、さぞいい気持であろう。書いてみたいけれども私にはできない。第一、作者の名前までフィクションの中に包みこんでしまうというようなことを、すでにして考えつかない。

私にとって驚くべきことの一つは、この発想の源流にさかのぼっていくと、往年のパラマウント喜劇〝珍道中〟シリーズがあるらしいことである。中学三年のときに見て非常なショックを覚えたと作者が前号で語っている。ビング・クロスビイ、ドロシイ・ラムーア、ボブ・ホープのトリオによるこれらの映画は私も見ており、ギャグやパロディも好きな方であるが、私の場合こういう収穫の気配はついぞない。凡庸と天才の差でもあろうし、プロセスの差でもあるのだろう。

で、つまりこれは、ギャグを並べ連ねるという新奇な方法で一篇の小説に仕立てたものである。ギャグによる叙事詩でもあり、文明批評といってもよい。そうして連ねられたギャグが全体で一つの大きなギャグにもなっている。どうもこういう壮大な試みは珍しい。

W・C・フラナガンなるアメリカ人が、日本文化研究家として、ハイクに関する論考を著わす。ハイミー（俳味）とは沈黙の音であり、ワビとサビがつき混ざるとワサビになるなどといっているが、この研究によると芭蕉はバナナ・プラントと称する謎の男であり、ハンフリー・ボガート扮するサム・スペードのようなタイプで、忍者の末裔である。古池や蛙とびこむ水の音、は水ぐも（忍者の道具）をひっくりかえして池に沈んでしまった少年時代の精神的外傷《トラウマティズム》の痕であり、秋ふかし隣は何をする人ぞ、も忍者の本性が出ているなどと考証している。

芭蕉は〝ザ・モンキーズ・コート〟（『猿蓑』）という俳句アンソロジーを出して全国的な有

名人となり、西行法師の足跡を慕って、生涯の冒険である奥の細道珍道中に出かけていくわけだが、なるほど、ここに彼の映画〝モロッコへの道〟（珍道中ものの日本上映第一作）で唄われていた〝Road to Morocco〟の替え唄らしきものが出てくる。

――奥の細道へ
ヤッホー！　よろこべ！
どんな悪党が出てきても
ハッピーエンドで終るはず
ぜったい名をあげるぞ
奥の細道めざして

芭蕉と、相棒の河合曾良《そら》がこれを唄い散らしながら歩いているところを想像すると、実にどうも、嬉しい。

永平寺の我嘲《がちよう》禅師と会って、サトリを開いた彼は、迷わず「我嘲《がちよーん》――！」などと叫び、老師はこれに答えて、「眉崙《びろーん》――！」などと挨拶している。そうして修行僧たちはいっせいに「波羅法侶秘令《はらほろひれ》――！」などと口走るのである。

この小説の独特なところは、こうした嬉しくなっちゃうようなものが軸となって、なにか得体の知れないくろぐろとした気分を喚起される点にある。

もちろんこれは外人の日本誤解というギャグ形式をとおして、カルチャー・ギャップ、ものを理解し合うということがいかに困難であり、東だの西だの、昔だの今だのにかぎらず、自分の体質プラス一種の建前でしか語り合えないという点にポイントがおかれているけれども、ことはカルチャー・ギャップにとどまらず、自分たちの体質に根ざした権威そのものまでが、一瞬にしてナンセンスなものになってしまう恐ろしさが含まれている。

作者の筆もこの点に関して、随所で手荒く飛翔している。特に最後の一ページに大きく現われる仙厓《せんがい》の狂句、

古池や芭蕉飛びこむ水の音

このナンセンスが終末に附せられると、意味ありげな人生に対する嘲笑の句ともとれて、まことにまがまがしい。私は、子供の頃に流行った奇妙な俗歌、〽父ちゃん、酒呑んで、酔っぱらって死んじゃった——というメロディを思い出した。

フランシス・ベーコンの正体

フランシス・ベーコンの回顧展を観てみないか、と本誌（「藝術新潮」）のSさんから突然電話がかかってきた。美術展のレポーターに私を指名した編集者は彼がはじめてである。

これは、どういうことなのだろうか。元来私は、万象を自分の方にひっぱりこむことで辛うじて文章を記してきた男で、こちらから他者に接近してしゃべることを鍛えていない。物をちゃんと理解する力が欠けているのみならず、ちゃんと理解したと思いこむ危険もおかそうとしない。そういう男をなぜ起用するのか。F・ベーコンの場合に私を思い出したのは何故か。

率直にいってそういう興味にひかれて国立近代美術館に行った。

最初の部屋とそれに続く部屋、つまり前期の作品群をひとわたり眺めながら、

「なんだか、淀んでるなァ――」

とSさんにいった。私は多分笑顔になっていたと思う。けれどもそのいいかたはひどく私流で、これだけの言葉では気持が正確に伝わらなかったろうし、私も咄嗟に整理して言葉が出な

かった。どの作品も非常に個人的で、閉ざされていて、しかし偏頗《へんぱ》ではない。誰でもそうなのかもしれないが、初期の頃のは特にイメージの溜めおきが長かったような気がする。そういうところが私には、柔らかい絨毯の上に坐ったように、ある居心地のよさを感じた。

それから、とても眼のよい人だと思った。溜めおきが長いことと、眼のよいということは矛盾しているとは思わない。多分、教養（理解力）よりも、素養（本能に近いところまで高められた感性）を主武器にしている人なのであろう。素養というものは、人格形成期に得たものばかりでなく、当人の誕生以前の血のようなものまでかかわってくるから明快にはつかみにくいが、その綜合は眼の性《しょう》に現われてくると思う。

もうひとつ、私には、西欧という特殊が比較的うすいように思えた。一人合点だろうか。あまり宗教的でない。社会的ですらない。素養を武器にする者の当然の主題として、存在を描くことになるわけだが、よくいわれるような関係の中で相対的に確かめられる存在ではなくて、そういうものから超絶した、もっと確かめにくい、しかしのっぴきならない塊りを眺めているように思われる。しかも、その種の塊りが真の存在だと主張しているわけでもなさそうだ。彼の眼の性でつかまえたものを、単なる像として、どのくらい形に定着させうるか、そんなふうなところに力点がおかれているように見える。展示された作品の中のもっとも初期のものとして、〝風景のなかの人物〟という存在と非存在のはざまを像にしたような作品がおかれているのもなにか象徴的である。

私はSさんと別れてもう一度初期のひとつひとつを見直した。多くは人物、それも個体で、椅子に附着したようになっており、でなければ頭部（顔）を題材にしている。

中でも迫力に満ちているのは〝頭部Ⅵ〟と題された作品で、人物は透明な箱のようなものの中に閉ざされ、豊かな肉づきの身体を立派な衣服に包んでいるが、飾り房が、皮肉っぽくいらだたしく眼前にぶらさがり、それに拷問されているように口を大きくあけて何か叫んでいる。すぐあとに〝法王Ⅰ〟という作品が並んでいるが、疑いもなく、〝頭部Ⅵ〟の人物も法王だと思える。

〝頭部Ⅵ〟は全体の構造が暗示的、意図的であるが、〝法王Ⅰ〟の方は全身が現われ、同じく透明な箱のようなものに閉ざされている以外は、表情も沈潜していてことさらの暗示的な意図を押さえているように見える。しかし、この法王には（私の苦手な）敬虔という情緒が含まれていない。伝統の権威に彩られてはいるが、根本的には他の人間となにも変ったところはなく見える。ここに現われた屈託は、法王のというよりも、閉ざされた個の個人的真実としてあつかわれているようだ。それが法王というエキセントリックな素材と結びついて画家的感興を刺激したのであろう。

この画家の視線は、対象を捕まえるときに二つの異なる運動をしている。一は思いきった切り捨てである。たとえば、より個体にするために下半身を切り捨てる。叫びに附着する情緒を消すために、周到に顔の表情を切り捨てる。当然関係の中で生きているはずだが、吹っ千切って、孤絶、自己完結の状態においてしまう。概念に堕さないように、あらゆる意味での情緒を切ってしまう。これほど情緒的でない具象画は珍しいとさえ思えるほどである。

もう一つは、切り捨てたあとに残ったもの、これ以上は疑えないと思えるものを、あるがままに見る凝視である。実存というようなこととちがって、非常に主観的だが、しかし卓絶した眼が、あらゆる混在をにらんでしまう。たとえば、法王の中にある囚人と統率者の同居を見逃さないように。光だか影だか、実体だか幻だか、すべてまぎらわしい。犬を描けば、(〝人と犬〟)人間的な犬とか、獣的な人間とかいうような概念に堕さず、人間も犬もひっくるんだ生物を見てしまう。また不条理や不調和なものは、むしろ切り捨てずに追加している。たとえば、方方に突然出現する傘などである。べつに何も主張しているわけではなさそうだが、概念の切り捨て方には眼の倫理のようなものを感じるし、同時に、多量の混在を捕える視線の濃さもある。ここのところがすばらしい。

ごく初期の頃は、それでも一つ一つの要素が混じり合わずに、意図となって前面にチラついていたが、だんだん沈潜するようになった。〝眠る人〟〝横たわる女〟などは、椅子に附着したようになっている点は似ているが、全身があまねく描かれている。そうして個体としての孤絶を示すように輪郭が力強い。他の何物の関与も頑強に拒んでいるように見えるそれらの個体を眺めているうちに、いつのまにか、彼等の叫びや屈託は、ほかならぬ自分で切り捨てたかに見える他との関係の復活乃至蘇生をのぞんでいる表情なのではないかと思うようになった。実際、この画家の閉ざされた姿勢には、それを選びとったのではなくて、そうなるより他はない、という苦渋の表情があり、それは今日の我我の、さまざまなものから分断され個人的な部分にたてこもらざるをえなくなったような状況と似ている。社会や風景が遠い背景にしか出てこないこれらの作品が、やっぱり現代的に思えるのはこの点であろう。

三つめの部屋に移ると、〝トリプティク〟と題された大きな三連画がまず眼に入った。これはこの画家のこれまでのモチーフの集大成であり、彼がひとつひとつやってきたこれまでのことがねっとりと混ざり合い、固くひとつのフォルムに熟している。その横の〝自画像〟についても同様の熟達を感じる。

しかしそれに続く部屋の後期の、やや饒舌になった作品群には、あまり驚きを感じなかった。仕方のない展開なのであろうが、この画家はあくまで視線の人だと思う。私は少し疲れを感じ、いったんロビーに出て一服した。そうしてまた最初の部屋に戻ってみた。初期の作品にとりかこまれていると、疲れなど消えて、信頼するに足りる叡智を眺めているときの快さが蘇った。

風雲をくぐりぬけた人

戦時中の中学時分に上林暁氏の短篇集にふと眼をとおし、たちまち馴れて、他の作品集を買い漁り、耽読したことがある。変哲もない日常の時間を確かに在る時間に仕立てあげる作者の腕前のせいであることはもちろんだけれども、私は性のいい知人を知り得た気になり、書物の上での交際をやめることができなかった。後後まで上林暁氏のお名前を活字で見るたびに眼が和んでくる。同じようなことが木山捷平氏にもあった。

私小説というものは雑誌で一篇ずつを散見するよりも、思いきって耽読してしまった方が趣きが濃くなるようである。八木義徳氏の連作集『遠い地平』は作者の半生を叙したもので、出生に関する話から順を追って綴られているから、作者の人柄に馴染むのに閑はかからない。そうしてまたいったん馴染みだすと、なんでもないことすらなにか気がかりで作中に没入することになる。それというのも私どもが、隔意のない交際のできる知人というものに餓えているからでもあろうか。物静かな読書というものは、結局こういう交際の時間のことをさすのだといえないこともない。

この小説集の主人公は、作者の分身と思える〝私〟であるが、もうひとつ、主人公に等しい存在は、大正から昭和前期の時代の貌である。近代が忍び寄ってきた頃の北海道室蘭市の隠微な人間関係、半植民地樺太の冒険旅行、左翼運動の夜明けから特別高等警察跳梁の時代、大陸侵攻期、そうして戦争、どの部分にも時代が単なる背景でなく、〝私〟を直接に揺すぶる存在として立ちふさがっている。〝私〟は時代と真っ向から対立し続けてきたわけではないが、いつもヴィヴィッドであり、また内心の希求にできるだけ正直に生きてきている。しかもなお、振り返ってみると時代の嵐にもてあそばれて木の葉のように揺すられている存在でもある。その点は、現に私ども大多数の者が送っている日常も似たようなものであり、そこのところで、世代や個性や経歴を超えた隔意のない交際ができようというものである。いいかえれば、作者は、個の歴史をひもときながら、大多数の者の像を造型しているともいえよう。

叙述はおおむね淡淡としている。謳いあげることは趣味でもないし、また日常の枠をはみだすような謳いあげは、大多数の読者との隔意のない交際を阻害すると知悉した人の文章である。けれども記されている内容は、存外に波瀾に富んでいる。

まず出生に陰影がある。

十代の頃の樺太での冒険。なかばタコ部屋のような製缶工場での混血アイヌ少女との交情。

思想容疑による水産大学退学。

東京でのロシア語講習会での無産者運動の仲介役。それにともなう満州逃亡。

早稲田大学仏文入学。恋愛。結婚。卒業後就職して再度満州へ。（この満州建国当初の新開地風景は適確な叙述で、時折りみかける回想風書物とはさすがにちがう）

妻発病。再度帰国。戦争。

一人の人の半生にしては時代との関連が密にすぎて、まるで絵に描いたような、という印象を受けないこともないが、当時の大学生の真摯な人たちは、多かれすくなかれこうした風雲をかいくぐって生きてきたのであろう。

そうしてまた、描写は淡淡としているけれども、この作者、なかなかの激情家であり、行動家でもあることが見てとれる。無産者新聞の仲間が捕えられ、女友達から「あんたもできるだけ遠くへ逃げろ」といわれる。

しかしどこに逃げたらよいかわからない。屈託と不安にさいなまれながら、玉の井（娼家）に走りこんで童貞を捨てる。このあたりは気分的によくわかるが、翌日、浅草で映画を見て時をつぶし、それから新宿のデパートに行って靴下を買い、旅行協会の窓口に行って、「外国に行くのに、パスポートが要らずにどこまで行けますか」

満州なら行ける、といわれて、即座にハルビンまでの切符を買うところは、やくざな私ですら、あれ、あれ、と思う。

しかも知人も居ない満州で、一文無しになるまでぶらぶら見物してすごし、持っていた睡眠薬で自殺を試みるのである。

そういう一見、楽天的とも激情的ともとれる行動が、他の部分にも横溢しており、しかし無頼とはまったくちがう。そういうところが限りなく面白いが、これは北方の人の特性なのであろうか。

近年の八木氏の作によく現われる〝落日〟の感慨が、この作品集でも全体をしめくくっている。時代の中で精一杯に生きてきた身の行末を大陸の地平の落日にたとえているが、ここにも北方の人らしい暗い激情の炎が見とれぬでもない。但し、この前半生の中の二つの重要なポイント、転向期と戦場の時期が抜けているのが（他に作品があるからだが）この一冊の本としては、やはり欠落を感じる。

かすかな悲鳴

小林信彦さんは、現役の作家の中でも、特にしっかりした根強い読者をたくさん持っている一方の雄だから、こんなことを記す必要はまったくないのであろうけれども、ひょっとして、『唐獅子株式会社』のような小説を読みたくて同じ作者のこの本を買ってみたら、やや趣きがちがってとまどっているお方が居るといけない。はじめにちょっとこの作家の総体のようなものを記しておく。

もっとも一般的なのは、『オヨヨ大統領』シリーズ、『唐獅子』シリーズから近作の『ちはやふる奥の細道』に至る、パロディ小説、ギャグ小説、とでもいう作品群であろう。たしかにこれらの作品の面白さは独特であり、小林さんの好きな上質なヴォードビリアンのようにサービス満点である。

それからこれらに平行して、『日本の喜劇人』『世界の喜劇人』などの喜劇に関する考察書がある。これは一般的かどうかまでは保証しがたいが、笑いや喜劇に関心のある人たちからは最上の名著とたたえられ、版もたくさん重ねているようである。

そうしてまたこれらの好著のさながら伴奏でもあるかのように、やや静かな旋律ながら『冬の神話』『家の旗』『夢の街・その他の街』、本書の『袋小路の休日』、近作の長篇『夢の砦』に至るヒューマンな風俗小説とでもいうべき作品群がある。

その他、『紳士同盟』『悪魔の下廻り』のような機智に溢れたピカレスク小説、『東京のロビンソン・クルーソー』『東京のドン・キホーテ』のような批評眼に根ざしたドキュメンタリックなもの、まことに多岐にわたっている。

昔は、こういうふうにいくつものスタイルを抱えている作家は、才気を使いわけているというふうに見られ、よかれあしかれアルチザン風のあつかいを受けたものだった。けれども小林信彦に関しては、めったにそういう声はきかれない。たしかに才人であり、スタイルも多様であるが、これらの異種の作品群が微妙に照応し合い、どこかで重なり合っていて、ああ、やはり一個の作家だな、という納得を誰しもが持つからであろう。

作品の中に感じられるその横顔を、かりに言葉にするとしたら、
都会生まれの都会育ち。ややパセティックではあるが、感受性に富み、したがって好みに対する洗練と頑固を守り育てる。結果として非常にシビアな批評眼、鑑識眼を持ち、日本人の伝統的気質に根ざしながら、そこのところからひとつ飛躍した乾いた作品を産みだす男——、

というところであろうか。

特に本書(『袋小路の休日』)のような系統のヒューマン小説の方に、その素顔のようなものが色濃く現われているように思う。もしまだ未見の方が居られたら、この系統の一連の短篇集をお読みくださることを、作者にかわっておすすめしたい。

先夜、筒井康隆、小松左京のご両所と酒場で談じこんでいて、たまたま、血液型の話になった。筒井さんと私は、両親の型まで同じで、BO型だった。

「SFを書かなくてよかったな――」と私は冗談をいった。「その道を行ったら、筒井康隆のエピゴーネンになっちゃって、身動きならなかったかもしれない――」

「でも、共通点が、だんだん濃くなってくるみたいだよ――」と筒井さんも笑った。「そういえば、小林信彦さんもB型ですよ」

なるほど、とそのとき思った。

私は血液型にあまりくわしくないから、それがB型の特徴であるかどうかしらないが、三人とも、妙にマニアックなところがある。そうしてまた、泣く、怒る、笑う、三つの表情のうち、笑う、という部分に執着のウェイトをかけているようでもある。

私は読書家とはまったく正反対の人間だが、小林信彦さんの作品は、ほとんど眼をとおしている。中原弓彦名義の『日本の喜劇人』がまず出会いだった。以来、パロディックな系列、ヒューマンな系列、二筋の仕事ぶりをどちらも愛読していた。どういうわけか、私は、この人の作品は楽な姿勢で読めるのである。軽く読める、のではない。くつろぐ、というのともちがう。楽に読める。そうして、読み進むうちに、文字を記しつけている作者の、揺れや慄えやかげりの表情が、浮かんでくるような気になることがある。

ほぼ同じ年齢、ほぼ同じような場所の育ち、ほぼ同じ戦争戦後体験、大筋に共通点があるうえに、細部でも、微妙な相似点がいろいろとあるような気が私にはする。もちろん、異なる面も多々あるのは当然であるけれども。そうして相似点を呼びさましてくれるのは作品の力なのであるけれども。

現に、この『袋小路の休日』という連作風の作品集の巻頭にある「隅の老人」という小説を読みだしてすぐに、あ、と思ってしまうのである。

――あ、間野律太さんのことだな。

大正から昭和にかけて名を売った娯楽雑誌編集者で、次第に世に捨てられ、破戒老残の人生を送ったこの主人公は、変名になっているが私もいくらか実像を知っている。私が知っているのは、小林さんがこの主人公と接した少し前で、老人はたまに古い知り合いのいる小雑誌に雑文を買ってもらう以外、何もせず、焼酎喰らって池袋の駅に転がって寝ていた頃である。外見はまったくの浮浪者で、だから窮すると、蹌踉とした足どりで編集室に押しかけ、そこの隅の机を借りて即席に雑文を書きなぐるのである。

しかし私は実像を眼にしているから興味があったのではない。あ、いかにも小林さんが執着しそうな人物だな、と思った。そうして作者の執着を自分のものとして読んだ。こういう個人的な筋道から入る読み方も、私は邪道と思わない。たとえば、路面電車が現われる。変貌する最中の東京の街が現われる。私はそれぞれその実像を知っている。小林さんの作品には、まだまだこれからも私が知っている実像が現われてきそうな気がする。その可能性をはらみながら、私にとっても未知な人物が数多く登場する。そうしていつのまにか未知の彼等も身内のように思えてくる。

「北の青年」に登場する中国人の青年は、もちろん私にとって初対面の人物である。しかし、その印象は深い。私はこの青年の実像のようなものを自分の中に棲まわせている。

北京育ちで、血縁の居る香港に移住している青年だ。彼は京劇志望だったが志をはたさず、目下は旅行社の添乗員として日本との間を往復している。毛語録で育ち、長じて資本主義社会の波にもまれた。さまざまな融通無碍な才があり、物にも心にも関心を持ちつづけながら、そのいずれも大きな塊りにまとまっていかない。

彼は日本にくると、大阪漫才や演歌に没入する。香港ではガイドの他に抜け目なくサイドビジネスをやっている。しかし、中国の政情がどうであろうと、結局はいつか北の生地に戻っていこうと思っている。

文中に、〝ふりをする《プリテンド》〟という言葉が出てくる。青年は、演歌ばかりでなく日本の軍歌も好きだという。多分、本心であろう。おべっかなら、こんな屈折したいいかたはしない。ところが作者は、これは重症にいたった〝プリテンド〟ではないかと思う。自分がプリテンドしていることとさえ意識できぬ深いプリテンド。

青年は、いつか北京に帰ろうと定めている。自分が北の人間だから。しかしこれも、青年がそう確信したがっているのだろうと作者は記している。掬いとりがたい現代の実像をたしかな筆致で捕まえている。

さて、こうして改めて本で通読してみると、作者の意図したものがうまくハーモナイズされているのを感じる。一篇一篇の小説は、独奏に近い。弦の曲、管がフィーチュアされている曲、リズムセクションを大きく働かせている曲、いろいろあるが、次次に音が合わさっていって、一冊で合奏の印象を呈する。

曲のテーマは、失う、ということであろうか。私たちが過去に属性として持っていて、時代の推移とともに撤去されていったものがここに示されている。路面電車は強引に車体を潰し、線路をはぎとってしまえば跡形もなくなるけれど、人間は合理の線に沿って潰すわけにはいかない。撤去されかかっている人間のかすかな悲鳴がどの曲からもきこえてくる。

それとともに、撤去されかかっている部分を身体の中に抱きながら暮している私たちのすごしづらい日常が、読むうちに喚起されてくる。そのことを一層効果的にしているのは、そうしたものに対する作者の執着である。小林信彦さんは、なまなかには物事を納得しない人であるらしい。

人人を結びつける共通の観念に乏しい現在、この〝執着〟というやつは、存外の橋がかりになるような気がする。

親の死に目と草競馬

山口瞳さんの『草競馬流浪記』が雑誌にのりはじめたとき、まだ作品を拝見する前に、新聞広告を見て、思わず顔が笑みくずれた。どんな内容のものかも、企画の段階で、酒場などでの編集者の噂ばなしで、おおよそのところをきいた。そのたびにニヤリニヤリニヤとする。

このニヤリは、滑稽というのとはちがう。変だという意味でもない。まァ、いうなれば会心という言葉に近い。なんだかしらないが、どうも思わず上機嫌になってしまう。

全国の地方競馬場を廻って歩く。そういうやくたいもないことを考える人が、だんだんすくなくなってきた。立派な国営のところでなく、草競馬というのも嬉しい。

昔、若い頃、私も全国の競輪場を、まるでお遍路さんのように、何年かかけて歩いたことがあった。当時、競馬は上品、競輪は下品、という通念があり、ギャンブルをやる人もそう思っている人が多かった。それで私は意地を張って、競馬から競輪党に転向した。

競輪場は（その頃で）全国に五十数ヶ所あった。

後年、何かのパーティで、亡くなった新田次郎氏が、まじめな人だから自嘲気味にこういわれた。

「この前、四国の先まで釣りに行っちゃって、どうも遊びがすぎてねえ」

するると藤原審爾さんが、

「釣りぐらいなんです。全国の競輪場を廻って歩いた男も居るんだから——」

それで新田さんが驚倒したという話がある。

しかし私は、仕事に精を出しながら、無用のことにもなおかつ精を出すという人が好きである。無用のことというものは面白いから、ついつい無用なことばかりに精を出してバランスをくずしてしまう人が多い。ここらで限度と百も承知しながら、どうも思惑を超過して、余分の時間や出費が重なっていく。私などはその代表であるが、山口さんはそうでない。

私も『草競馬流浪記』益田競馬場篇で一度現場にご一緒したことがあったが、実にどうも、キチッとした競馬ファンであった。毎レース毎にスタンドの上の方から引馬場まで馬を見に行く。レースになると双眼鏡を手にして隅隅まで見届ける。細身の身体をヒラリヒラリと舞うように飛び歩くだけでもかなりの運動であるが、夜は夜で、地元の予想紙前夜版を手にして研究されるらしい。それでいて馬券は、山口さんとしてはほんの小遣い程度の額しかお買いにならない。

とりもなおさず、それが競馬ファンというものの楷書の姿なので、Tシャツにジーパン、ゴム草履の軽装で、などとお書きになっているが、それが山口さん流の競馬用の正装なのである。ギャンブルというものは、本来意志の弱い者たちが集まって、意志の制御を軸にしてしのぎ合うものなのであるが、山口さんほどコントロールの利いた意志的な遊び方をする人は珍しい。私見であるが、競馬というものは、馬券を買って勝負をするにふさわしいゲームであるかどうか。どちらかといえば、英国の昔の貴族や金持のように、馬を所有して、お互いに賞金を出し合い、つまりステークスにして、どうだ、俺の馬が一番強かったろう、と喜び自慢する遊びなのではないかと思う。山口さんも英国に生まれたら、おそらくそんなふうな遊び方をなさったろう。

他人の馬に賭けるには、馬の内心をはじめとして、どうもデータになりにくい部分が多すぎる。それも半月ほど前までに走ったデータだけで、あとは間接的な記者の眼を信用するしかない。そういう中で、キチッと楷書流に遊ぶということは大変な主体性を要することで、私などはすぐに自堕落なロマンチックな遊びになってしまう。

それはともかく、『草競馬流浪記』は私にとっても思い出がある。このシリーズは最初、「小説新潮」でなく、別の雑誌にのっていた。いろいろの事情があって途中から掲載誌が変った。その頃、酒場で、

「一度、連れてってください」

「ああ、それじゃ来月の益田にどうです」

益田競馬場は、ずっと以前にグラフ誌にのっていたうらさびしい写真を記憶していた。昔は、競走馬の最終地といわれ、ここで走れなくなったら肉になるよりほかない、といわれていた。それで一度実地に見てみたいと思っていた。

翌月の日程まで定まり、その日を心待ちにしていたのだが、そのとき事情がおこり、しばらく中絶することになった。

山口さんは恐縮されたらしいが、私にとってはそれがもっけの幸いだったのである。というのはちょうどその予定日に、九十七歳になっていた私の父親が、長生きのわりにはあっけなく老衰死した。

本来なら私は東京を離れていたところで、親の死に目に会えないというギャンブラーの常道をいくところだったのである。

ぽっかり欠ける

田中小実昌氏のことを、私たちは皆、コミさん、と呼ぶ。私などは年齢も三つ四つ下だし、よく人から（簡単に）一括してあつかわれるし、まア弟分みたいなものだが、それでも、タナカさんでも、コミマサさんでもない。コミさんと呼んでしまう。

吉行淳之介さんの推察によると、小実昌という名前（本名だ）は、お父上が、神さま、のもじりでつけたのではないか、という。

コミマサ、カミサマ――。なるほど、そうかもしれない。コミさんのお父上は、とても偉い少数派の牧師さんだったらしい。偉い、というのは世間的に、ということではなく、実質的に、ということだが、そのことは、谷崎賞を貰った『ポロポロ』という傑作短篇を読んだだけでもすぐにわかる。

すると田中小実昌は、田中家に復活したカミサマということで、そうきいても私たちは誰も笑ったりしない。

なるほど、現代の神神は、姿を現わしたとすれば、陋巷の中であろう。

さて、本篇の『イザベラね』であるが、これはある意味で、とてもむずかしい小説であろう。本篇にかぎらず、コミさんの小説は、くだけた文体で、小むずかしい言葉などあまり使っていないが、実は、かなり難解な小説だと思う。

そうして、コミさん文学の解説という仕事が、どうもまことにむずかしく、いいガイド役たりうるかどうか、私にはまったく自信がない。

その理由は、まず第一に、田中小実昌という人物が、自分で物を考え、肌で感じとり、自分の基準で生きていく人で、ありきたりの世間の概念などにとらわれない。空間語などという言葉が作中に出てくるけれども、作品全体がコミさん語で語られている。規格教養型になっている当節の一般人と、田中小実昌（及び作中の人物）は、一緒にはくれないのである。そこで、コミさん語を一般語に翻訳する必要が生じる。

もっとも（コミさんが作中でくりかえし述べているとおり）言葉というものが、おおむね概念的な符牒であり、概念や通念を潔癖に嫌うコミさんは、言葉を使用せねばならぬ矛盾に随所でいらだつのであるが。

普通の小説は、読者との間に橋がかりをつけるために、作者の方が概念や通念を利用しつつ、一種の典型を描く。それを読者が自分で自分語におきかえていって、個人的なものとして感じとる。

コミさんの小説は、そこいらが親切でない。橋がかりとか、典型とか、あるいは風俗とか、通念としてまとめられるようなものを、見事に拒絶している。したがって読者はあらかじめ、たしかな自分という受け皿を用意し、たしかな他人である作者の言葉を、物語抜きで直接キャッチする覚悟を要する。一見くだけた世界のように見えて、すこしも甘さを含んでいないのはそのせいである。くだけた文体ということは、つまり、概念の木刀を使わず、真剣勝負をするということなのだ。

本篇のどのページも、そういう真剣にも似た言葉で埋まっているけれども、手っとり早く冒頭のところを例にとってみよう。

大内先生は、いつも、すぐに電話にでる、とある。その次に、やはり、すぐに電話に出る小説家のことが記され、世間から、その小説家は、何か欠けている、といわれている、とある。何かが欠けているから、そのひとはそのひとなのに。

そのひとも、それに気づいていて、例証を出して、みずから自分の欠けている部分を書いたりしている。

しかし作者はそう思わない。その人が書く、欠けている実例なんかより、もっと欠けているものがあって、呼出音がちりんと鳴るか鳴らないかのうちに電話に出てくることなんかの方が、欠落の具体例だ、という。

何故そうなのか、何も記されていない。現に、すぐあとの行に、大内先生がすぐ電話に出てきても、彼がなにかに欠けているように思ったことはない、とある。すると、その小説家の場合にのみ、すぐ電話に出ることが、その人の欠落に結びつくのだ。

それどころか、電話にすぐ出ることが、どうして、なにか欠けているのか、といわれても答えられない、とある。他の人が、たとえば会社の人が、すぐ電話に出るのが、欠けているということではない、そんなのは、もうべつのことだ、とある。

何か厳密なことをいいたがっているのだが、論理の筋としては少しも厳密にならない。

普通（というのもへんな言葉だが）、電話というエピソードを出すと、そこに作者と読者の間の最大公約数のような接点をみつけて記すのである。たとえば、その小説家のような流行児だったら、秘書とかお手伝いさんに電話をとらせるべきで、――というようなことになるのだが、それをいいだすと、作者は、そんなことじゃない、というだろう。

実際そんなことじゃないので、世間がいうのは、通念が欠けているということだとすると、この作者が記しているのは、通念に対比しているのではないのである。ただ、もう、ぽっかり欠けたものがある、ということで、良いも悪いもない。

落語の〝浮世根問い〟のようになるが、ただ、もう、ぽっかり欠ける、とはどういうことか。

それがすらすら記せるならば、苦労はない。作者が伝えようとしているのは、厳密にそこのところなのであって、投げる方も捕る方も実にむずかしい。

そのことを文章にひねり出したのが、冒頭の場面なのである。一見くだけた世間話のようだが、実に微妙な、難解なことを記している練達の文章というべきであろう。いずれにしても、この冒頭で、すでに、世間の通念とか、良いとか悪いとか、そういうことははじき飛ばして書いているのですよ、とことわっているに等しい。ただ、もう、ぽっかり欠ける、そのことが、ただ、在る。そういう存在感のようなものにピントを当ててお読みください、と作者がいっているようなものだ。

第二に、通念を拒絶している結果、当然、物語性がひどく希薄なことである。そのために、のっぺりと、頭も尻尾もない呟きのようで、読者が読み慣れた、乃至はまとめやすい、通念的感動をつかまえにくい。

私どもが物語を作る場合、全体にまとまりをつけるために、たとえば、起承転結、という形式をつける。このうちで一番むずかしいのは、結、なのである。スタートからプロセスの起承転までは、なんとか実在の此の世らしきものを作ることができる。ところが現実の此の世は終らない。それなのに物語はどこかで終らなければならない。これで終りではありませんよ、という終り方だって、やっぱり幕がおりることに変りはない。そこでこの、結、のところで、それまで保ってきたリアリティがいっぺんに崩れて、単なるお話ということになってしまいかねない。本当は、物事の結果などというものは、地球の終りにまで行かなければ、何事であれ、わからないのであるから。

そこで私どもは、架空の結をつけるためにも、物語のルールのようなものをこしらえるのである。たとえば、因果応報、とか。

原因があり、その原因によって、結果が現われる。これは物語の骨子にしやすい。けれども、それは同時に、無数の森羅万象の中から、特定の原因を限定し、特定の結果を限定して終るという、現実に即していない物語になってしまう。

どんなに複雑に、新しく見える物語でも、限られた登場人物、限られた事件で物語を作る以上、現実の空気そのものをとりいれることはむずかしい。そこで絵空事となる。

コミさんの作品は、因果律のような通念的ルールを、ほとんど拒絶しているところからはじまる。コミさんがまだ読物雑誌に物語小説（らしきもの）を書いていた頃から、私はコミさんを、とてもモダンな作家だと思っていた。

本篇の（今は滅びてしまった）軽演劇という世界も、まことにこのとおりの特長をふくむ特殊世界ではあるが、本来はもう少しじっとりと湿っているのである。コミさんの筆にかかると、硬質な曇りガラスのような感じになる。それは因果律でくくった通念的物語を作る姿勢とまったく反対の、作者の凜然たる態度によろう。

私はこの小説を雑誌で読んだときよりも、今度一冊を読みかえして、一倍の面白さを感じた。それは、私がこの小説の登場人物のモデルを、あらかた知っているとか、そういうことではもちろんない。

むしろ、本篇の登場人物は、モデルが実在していながら、同時に作者の分身になってもおり、また〝軽演劇〟という主人公を支える捻子《ねじ》や釘にもなっている。で、人物は多いけれども、それぞれ同類で、一種のモノローグ小説ともいえよう。

しかし、だからドラマチックでないか、というと、そうもいえない。なるほど人間同士は親和し合っているが、彼等の世界よりももっと大きな何物かによって、木の葉のようにもまれていたり、滅びざるを得なかったりする、その大きなドラマが、なんとなく透けて見える。

大きなドラマというものは、人間と、人間を規制してくるより大きなものとの葛藤なのであり、その大きなものと葛藤して敗れていくプロセスの記述が小説だということもいえるだろう。

その点で、本篇は、そんな仰仰しい表情はまったくしていないにもかかわらず、オーソドックスなドラマを構成しているといえよう。

ギャンブルの全貌

ラスヴェガスに行くと、ギャンブルに関するハウトゥ本が方方の店頭にたくさん並べられている。どんなことが書いてあるのかな、と面白半分に何冊か買いこんでみたが、予期したとおり、〝常識〟めいた顔をしてハウス側を安泰にさせるような（つまり半端な腕前の多くのカモたちがやっている方策）戦術しか記されていない。もっともひどいのは、

まずチップを一枚ずつ、任意の八ヶ所に張りなさい。当って三十六枚になったら、それを引っこめずに、また任意の八ヶ所に張る。当ると二百八十八枚になります。それをそっくり任意の八ヶ所に張るのです。当れば二千三百四枚。ここが大事なところですが、これもそのまま任意の八ヶ所に張りましょう。こうしてどんどんチップを増やしていきます。もし途中ではずれたら、また最初からやり直しなさい。

シャレではなくて、よく英語のわかる知人に読んでもらったが、淡淡と、この調子で一貫しているらしい。

アルフレッド・アルヴァレズの『ザ・ギャンブラー』（新潮社刊）はもちろんこの種のインチキハウトゥ物とはちがう。ばくち打ちの生態研究ともいうべきテーマがなかなか格調高く記されている。

〈ビニアンズ・ホースシュー・カジノ〉（ヴェガスで只一軒のノウリミット制クラブ）で毎年晩春に催されるポーカー・ワールドシリーズに出場しようとして、全米から、遠くは英国からも選手たちが集まる。ちょうど高校野球のように、自分の町、郡、州を勝ち抜いてきた選手ばかりである。

もっともポーカーであるから、ただのカードの勝ち負けではない。徹頭徹尾、チップ、つまり金の奪い合いである。

何日かの予選をへて、七十五名に縮小される。もちろん大半はプロかセミプロであり、ポーカーをする者にとっては映画スター以上に顔を知られている者もある。その七十五名が二十人に縮小され、さらに十一人に減る。

そこから先は、ハコテンになった者が、見物客の拍手に送られて去っていく。最後に勝ち残った優勝者には賞金総額の半分、三十七万五千ドル（彼のポケットにはそれ以上にゲームの勝金が入っているわけだが)。二位が十五万ドル。

しかし勝負師の常として、誰もが優勝しか念頭においてない。わずかな入賞者以外は、全員スッテンテンになって帰るわけだ。

私も、これに似た小説を書いたことがある。「ドサ健ばくち地獄」というスゴイ題名だが、私の頭の中に大分前から〝寛永御前試合〟のことがあり、なんとかしてトーナメントのギャンブル小説を作ってみようと思ったのがそのきっかけだった。

だが、なかなかむずかしい。というのは日本では麻雀以外の種目は、あまり一般的でなく、ゲームの説明に相当部分を割かなくてはならないからだ。しかも、説明では本当の核心はわかりにくい。

その点、本書はなかなか利口な構成になっている。カジノの本質の説明からはじまり、全米の剣豪、いやカー豪たちの逸話やら談話やらを紹介して行く。

一生を通じて他人に誇るべきことを一つも持たないロンドンの古着屋のおっさんが、ポーカーの幻想にとりつかれ、ついに自分も勝負のヒーローになった気で、ラスヴェガスに乗りこんでくる、といった類の破滅譚もあるが、大部分は、選ばれた天才たちの話である。しかもこの天才たちは、一夜に巨額をせしめ、また一夜に無一文になる、そのことのくりかえしである。

カードという無機物に人生を収斂されつくされていくけれども、また一面からいうと、市民の誰にも味わえないような熱くたぎった瞬間を知っている群像。

ポーカーは運もあるけれども、結局は実力の勝負であり、この大会に参加する大半は、実力的に優勝は望めない。しかも毎年、彼等はスッテンテンになりに、会場に集まってくる。たくさんのばくち打ちたちの軌跡を追っていくうちに、ギャンブルというものの全貌が次第に明らかになってくる。それとともに、プロのカー豪たちが次第に敗退して行き、残るは五人、四人、三人、二人。

最後に残った二人は、まるで剣術の間合のように、小ぜり合いを延延とくりかえす。そうして、双方が選んだ決戦の場が、やがて来る。ノウリミット制だから、すくなくとも一方は持金全部を一回に張ることになり、決戦は一回で片がついてしまう。

実戦場面はすくないが、ポーカー族はいろいろな意味で勉強になるだろう。但し、高級な戦術や、必勝のコツが出ているわけではない。実戦者がそんなものを軽軽しくしゃべるわけはない。行間をぐっとにらんで、何を認識するか。人によって多寡があるはずである。

「俺と彼」同時日記の書き方

日記というものは、普通は、その日の出来事や来客などをメモ風に記す。もっと具体的にくわしく記した方がいいにきまっているが、それでは一日じゅう日記を記していなければならないし、第一に長続きがしない。

知名人でもないかぎり、日記が公表されることもあるまいから、それでよろしい。メモってあるだけで、本人には、あとで具象を思い浮かべるよすがになる。

けれども、他人の日記をのぞくとなると、やっぱりくわしく書いてあった方が面白い。特に、他者に気がねなく感情を赤裸裸に綴ってあるものがいい。

昭和前期に正岡容《いるる》という作家が居た。吉井勇派の紅燈小説、情痴小説を書く人で、若い一時期に落語家だったこともあり、芸人小説も書く。ある種の読者をつかんでいた人である。若き日の小沢昭一、加藤武、桂米朝、大西信行などが正岡の弟子になっていた。

昭和三十年前後、月の三十一日に新宿末広亭で正岡容主催の落語会が催されており、小沢や加藤など弟子たちが雑用をやっていたらしいが、そうとは知らず私もよく客席に坐っていた。

会が催されるたびに正岡自身も高座に現われて、釈台を前にし、一席、芸談のような随想のようなことをしゃべる。面長で鼻が高くて昔ふうのいい男が、物腰低く、いかにも江戸の戯作者といった感じで、私の頭の中にあった正岡容のイメージをひとつも裏切らなかった。そうしてまた、それゆえの臭みもあった。

正岡容は、師の吉井勇と永井荷風を深く尊敬していた。大西信行が書いた「正岡容――このふしぎな人」によると、吉井勇は正岡の作歌について一言半句も記していないそうで、どうも哀しい人だとある。

そうしてこういう話もある。正岡は市川に住んでいた関係で、すぐ近くの永井荷風宅をしばしば訪れていたらしい。正岡の談話にはよく荷風のことが出てきて、訪問するたびに歓談久しくしたことになっている。

後年、誰かが荷風の日記『断腸亭日乗』を読んでいたら、その頃の日付で、たった一行こう記されていた。

午后正岡容来る。うるさき人なり。

私どもは笑い話にしてしまうが、日記というものはこれだから怖い。特に荷風のごとき歯に衣着せず、人間嫌い、というより世間嫌いのタイプと交際するとなるとよほど用心してかからねばならない。もっとも、悪口の叙述は、親しさや気安さが含まれている場合があるから、字義どおり嫌うのみであったかどうかわからない。

後輩が先輩を思慕尊敬するほどには、先輩は後輩を心に留めていないというのも、よくありがちなことかもしれない。

昭和十一年一月三十一日の三木清の日記。

西田先生に会うために鎌倉へ行く。哲学の話、時局の話、いろいろ有益な話を伺った。殊に生命と環境とについての話は面白かった。一月号の『思想』の特輯「西田哲学」に載った高橋里美氏の批判に対する批判についても話した。高橋氏にしても田辺先生にしても根本においてカント主義を出ていないと思う。

往復の車中で淀野君から貰ったジイドの日記抄を読んで感激した。彼が問題にしている共産主義と個人主義の問題はまた私のかねての問題でもある。

日本評論社の現代哲学辞典に書いたものの校正を見た。

さらに、二月二十二日には、

午後鎌倉に西田先生を訪ねる。今日は身体の問題についてなかなか面白い話があった。先生と話していると勉強がしたくなる。自分も哲学者として大きな仕事をしなければならぬ。自分の使命と力とを決して軽くみてはならない。私には出来るのだ。他を羨むことも恐れることもない。私の現在の境遇が何だ！　仕事だ！　仕事だ！　そう考えると私は幸福になる。私には力がある。

（いずれも『三木清全集』より・岩波書店刊）

一月三十一日（金）　三木来。改造の佐藤来。

とすくなからず昂奮しているが、これに対して西田幾多郎の日記の方は、両日ともにおそろしくそっけない。

二月二十二日（土）　午後三木来。

昭和二十六年

（『西田幾多郎全集』より・岩波書店刊）

二月、永井荷風を訪問した。また、四月、息子僊と再会。この年世田谷区下代田町（現・代沢）、倉運荘アパートに移る。

これは森茉莉の年譜で、彼女は四十八歳。二年ほど前から短いエッセイ類を、父鷗外全集の付録などに発表しはじめた頃で、このときの荷風訪問の様子を、息子不律《フリッツ》への手紙という形で記している。

愛する息子、不律。この間は一緒に考えてくれて有難う。私はあれから又、荷風先生の私の原稿に対する態度をよく思い返して、みた。

先ず最初、先生はひどく機嫌がよかった。機嫌の悪い時の先生というものを、私には想像することが出来ない程だ。不律は私が何かするのが遅いことをよく知っているね。玄関脇の部屋でマフラアを除ったり、コオトを脱いだりしている私に、「どうぞ」という、機嫌のいい声が二度もかかったので私は随分慌てた。年齢にしては二十位も若い、張りのある声であった。（中略）（これが永井荷風だ）という、感激は私をなかば夢の中の人とさせた。私は少し頭の変になった人のようになって、襖の近くに座った。灰色の毛布で掩った寝床が大きく場所を取っている、六畳の部屋である。先生はひどく気さくで、「どうぞ」とこそ言うものの叔父さんか、兄さんのような様子である。私はつい挨拶も忘れてしまった。先生は微笑っていられた。晩穂《クレオ》兄や、樹里《ジユリ》からきいた、膝もくずさない先生ではない。先生の微笑いの中に私は、仲間の微笑いを見たように、思った。随分思いがけない縁の遠い人が知っていて、よく驚くことのある、私の浅草通いを、浅草通である先生は知っていられるのではないか、そんな考えが私の頭に、浮んでいた。

「遠かったでしょう？　電車は真直ぐだけど……」

そう言った先生は、私の不審な顔を見て、「中野から……」と、附け足された。中野に私の家があるか、又は中野まで歩いて行かれる所に家があると、思っていられるような言葉である。中野や世田ヶ谷なぞの地域は、先生の小説と関係がない。先生は、その辺を跋渉されることがないので、それで杉並も中野も、一つ処のように感じていられるのだろう。西洋人にとっては日本も支那も朝鮮も、一つの場所に見えるようなものなのだろう。不律の教えた道順は廻り道らしい。中野までに新宿という乗り替えがあるとしても、下北沢、お茶の水と、二度乗り替えるよりはよかったのだ。そんなことを考えながら私は黙っていた。私はなんとなく幸福になって、座っていた。先生は、長い茶色の洋服の脊中と、長い、これも茶色の洋服の腕を曲げてあたっていた、小さな紅い火鉢に、手をかざしたり、すり合せるようにしたりしながら、先客の太った大きな洋服の人に税金の話をしていた。

（中略）「このたびは御面倒なことをお願いいたしまして」すると先生は、「やあ」だか「いや」だかわからぬ声と、解ったのか解らぬのか曖昧な表情とで答え、やはり機嫌のいい顔を続けていた。私はいよいよ、部厚な原稿を火鉢の横に遠慮がちに出した。すると先生は一種の困惑を隠そうとしながら、又一種の躊躇に満たされ、手の動作も、言うべき言葉も定められぬらしい様子で、原稿に、恐ろしいものの如く、手に取るでもなく触りながら、言うのだ。「これどこかへ出すの？」「ごゆっくりでいいのです」私は先生にとっては見当違いの、全く期待しなかっただろう返事を、した。荷風先生の躊躇と困惑とは続いている。私は先生の困惑と躊躇とを漠然と感じることから不安定な心持になりながら、言った。「冨山房から見せるようにと言われているのですけれど……」（冨山房に見せるようにと言われているが、見て戴いてあまり変でなければ見せようと思う）そういう意味を言おうとして、半分言いかけたのである。すると先生は、忽ち手の動作と、言うべき言葉とが天来の福音のように定まったかの如く、原稿を取り上げた。そうして火鉢の上から私の方へ、突き出したいのを遠慮してそっと差出したというように、差出し、「じゃあそっちへ持って行った方がいい……」そうして、私の落胆は感じたのであろうが、今返さずしてこの蛇の如き恐ろしい原稿を、何時この女に返すことを得んと、意を決したる如く、又も突き出すようにしながら、「その方がいい……」と、口早やに言うのである。最早どんなに受取りたくなくても、受取らねばならない。その方がよくなくても、仕方がない。跡を見ずに逃げて帰れば、郵便となって追いかけて来るだろう。原稿の厚い束は私にとっても蛇となった。とうとう私は、受取った。（中略）もう今こそ帰らなくては非常識である。沈もうとする気分を引きたてるようにして、私は風呂敷から麻布雑記をとり出し、先生に差出した。「署名をして戴きたいのですけど」今度は唯々諾々と先生は受取り、手の動きにも躊躇なく筆をとって、署名をした。相変らず浮き浮きとしている先生は、先客の洋服の男との会話と、署名の両方に気を取られながら、署名を終った。筆も受取りなぞを書く時のものらしく、先の少しきれたもので、先生の字としてはひどく不出来の署名だったのには、重ね重ね落胆した。永井荷風の、荷の辺りから墨の枯れはじめている、私の好きな、美しい署名ではないのである。先生は、原稿を首尾よく返したのでほっとしたらしい様子で、前と同じ元気な、機嫌のいい顔で笑いながら、洋服の男と談笑しているのだった。「では」とお辞儀をすると、先生は脊中と腕とを曲げて、頭を軽く、下げた。私が、なるたけ淑やかに襖を開けている脊中へ、「本八幡から帰った方がいいですよ、……省線の」と親しい声で先生は、言った。（後略）

（森茉莉「荷風と原稿」より）

だいぶ長い引用になったが、荷風散人の、というより面倒臭がりの老人の面影が実によく描

かれている。ところがこの日の『断腸亭日乗』の方には、

二月十三日。晴。午後森茉莉子来話。佐藤観次郎来話。（創元社印税の件）夜浅草。

とそっけない。うるさき人なり、と書かれるよりはいいが、森茉莉の印象はいろいろ特長があっただろうに。やはり初対面で、荷風にとっては路傍の女性にすぎなかったのであろう。

ところで、その荷風散人が青山脳病院に診察を受けに行ったことが日記に記されている。

昭和七年十一月初八。快晴。午前青山脳病院に往き斎藤（茂吉）博士の診察を請ふ。多年の不眠症いよ〳〵甚しくこの夏より筆硯全く廃絶するに至りぬ。然るに大石博士の方剤も既に効なく且又去年お歌病気の時大石氏の診断一向当らざるが故神代氏を介して斎藤氏を訪ひしなり。帰途青山電車通梅窓院の門前を過ぎたれば入りて境内を歩む。（後略）

十一月十一日。曇りて風なし。朝十時頃青山南町の病院に斎藤博士名茂吉号不詳を訪うて治を請ふ。過日採血の結果を示さる。

其の証文左の如し。

血清反応検査証

貴下血清ニ就キ黴毒反応ヲ検スルニ左ノ如シ

一ワッセルマン氏反応　陰性（－）

一沈降反応　陰性（－）

右検査候也

昭和七年十一月十一日

青山脳病院　㊞

是に由つて見るに去昭和三年五月大石博士の診察にて其時は血清検査をなすに及ばず直に駆黴の注射をなしたる事ありしが今日より思返せば実に無益の事なりしなり。初夜水天宮裏叶家を訪ひ夕飯を食して後西銀座萬茶亭を訪ふ。高橋邦太神代帚葉等在り。帰途ラインゴルトの女給ポーラ、マリヱ、クララ、ネリイの四人に逢ひ南鍋町の汁粉屋に立寄り芝口まで歩む。此夜むしあつくして霧ふかし。

荷風の不眠症に関する記述は以後もときどき散見される。

十一月十四日。哺時笄阜氏来り余が不眠症は余自ら精神的に作りなせるものならむなど語りて帰る。

十一月十六日。午前斎藤博士を訪ひ睡眠剤を求む。

十一月十八日。午後久振にて大石国手を土州橋の新邸に訪ひ診察を乞ふ。不眠症治療のことについて意見を問ひしが今は施すべき術なしと云ふ。ネルボスタン名薬の注射を請ひしが之もその必要なしとの事にせむ方なく其儘辞して去る。

みずから見捨てた大石博士にすげなくされているらしいのは、荷風のそれまでの態度に大石氏を傷つけるものがあったのだろうか。

それにしても、不眠症の診察に行って、梅毒検査をして帰るところが面白い。

この当日の斎藤茂吉の日記は、

十一月八日　火曜　晴

午前中診察ニ従事ス。改造社ノ大橋君、松本（患者）ノ親類ノ人。犬丸氏。柴生田君来ル。柴生田君ト午食ヲ共ニス。ソレヨリ一寸午睡シテ勉強セントシタルニソコニ大熊長次郎君来ル。一寸下リテ行キテカヘツテモラヒタリ。ソレヨリ不愉快デ勉強ガ出来ズニグヅグヅシテシマツタ。夜ハ山形県医師会ニ松本楼ニ行ク。ハヤク帰ル、永井荷風氏診察ニ来ル。年賀状残リヲ調ベル。

荷風が来たことを書き忘れるところだったらしい気配が見えるが、記述は簡単だ。野次馬としては、荷風、茂吉の大顔合せなのだから、せめて大熊某に費やすぐらいのスペースを割いてもらいたかったが、こちらは医者であり、患者のことは軽軽しく記せないのであろう。

十一月十一日は、午前中診察ニ従事ス、とあるだけ。さらに十一月十六日は、午前中、西洋建築家ノ安藤氏来ル。永井荷風氏来ル。患者ニ蟹江娘サン来ル。今日ハ何ダカ気ガイライラシテ居タ。

不眠症とひとくちにいっても、内容はさまざまのものがある。推量だが、荷風のはただ寐つきがわるいというだけでなく、幻視、幻覚、幻聴、その他さまざまな症状がともなうものだったのだろう。そうでなければ脳病院にわざわざ出かけていくはずがない。その意味でも、荷風、茂吉の顔合せは、のぞき見したかった。

石川啄木と木下杢太郎の交友の有様が、両者の日記に残っている。

一月九日　土

パンの会にもゆく。七時にそこをかたづけ、森さん（鷗外）の観潮楼歌会にゆく。雪ふる。十時すぎかえる。

〈杢太郎〉

一月九日　土曜　曇　夜雪　寒

十一時ごろに起きた。頭がいたく、のどが痛い。風邪がすこしも直らぬ。

太田君（木下杢太郎の本名）から電話。

一時頃に太田君が赤い顔をして元気よく入って来た。旅中に沢山材料をえたと言ってよろこんでいた。予は、予の編輯する号は君と北原（白秋）には蹂躙にまかせると言った。三時まで話した。二号には（南蛮寺門前）という脚本を貰う約束。

森先生の会だ。四時少しすぎに出かけた。門まで行って与謝野氏（寛）と一緒。吉井君（勇）が一人来ていた。やがて伊藤君（左千夫）、千樫君、初めての斎藤茂吉君、それから平野君（久保）、上田敏氏、おくれて太田君、——今日パンの会もあったのだ。（後略）

〈啄木〉

一月十一日は、杢太郎の方は白紙。しかし啄木の方はかなり熱っぽい。

（前略）まもなく太田君が、来て、九時まで語った。太田君はしきりに雷同論を称えた。その雷同は、言ってみれば戦場の握手――予は賛成した。そして予は、この友に親しむ気が一日一日に深くなるを感じた。筆を持った思想家――年をとったか若いかわからぬ男だ、気持のよい男だ。

一月十七日　日

南蛮寺門前。しまいの五六枚に至り、つかえる。午后二時頃石川啄木の宿にゆく。吉井あり。四時頃からまた（南蛮寺を）つづけやる。吉井来る。一緒に飯をくらい、支那の酒をのむ。少しく頭がメランコリッシュなり。吉井七時頃かえる。それから又南蛮寺。

〈杢太郎〉

一月十七日　日曜　晴　寒

（前略）そこへ太田君が来た。（君は短剣を持っている男だ）と吉井。（そうじゃないよ、僕は今なら、出せと言われたら腹の底までさらけ出して見せる。短剣なんか持ってるもんか）と太田。予曰く。（其所だ。君はイザとなれば腹の底まで見せれるから外の者にゃ怖ろしいのだ。短剣を持ってるように見えるのだ！）（後略）

〈啄木〉

一月十九日　火

八時二十分石川啄木を起す。

北原。そこにて昼の馳走になる。

与謝野氏にゆき、経の仮名などふりて貰う。

夜六時頃かえる。外の風春の如し。皆々ゴルキースチンムングになる。

四ツ谷にて下り、天ぷら屋にて酒をのみ、芸術的コンフェッションをなす。

〈杢太郎〉

一月十九日　火曜　曇　温

十時頃太田君に起された。（南蛮寺門前）を脱稿して昨夜森先生に見て貰ったと言って持って来た。美濃紙へ細かく三十一枚、一緒に読んだ。これは太田君が夏の頃、吉井と二人で別々に南蛮寺を描こうと言って書いたので、吉井の方は例の予告だけで出来なかった。（中略）十一時太田君と一緒に出かけて北原君を訪い、昼飯はガス鍋の牛肉で御馳走になった。二時頃、三人連れ立って千駄ヶ谷に与謝野氏をたずねた。いくら訪なっても人のけはいがせぬ。庭へ廻ってみると主人ただ一人、昼寝していた。話してると晶子さんはお子さん達と湯屋から帰って来た。

（中略）七時頃辞した。初夏の雨もよいの夜のような風が、くすぐるように顔にあたって、誰かにグズリたいような、甘えたいような、妙な気持になった。路は悪かった。四谷で電車を降りて、とある天プラ屋で三人で呑んだ。この二人と一緒に呑んだのは今夜が初めて。北原は酔うと不断よりもモット坊ちゃんになる。別段口をきくでもなく、嬉しそうにしている。太田はその恋――片恋のあったことをほのめかした。予と太田はしきりに創作や思想について語った。（僕のもっとも深い弱みを見せようか？）と予は言った。（何だ？）（結婚したってことよ！）（後略）〈啄木〉

啄木二十四歳、杢太郎は一歳上で二十五歳。若い二人の交遊ぶりが眼に浮かぶようだ。

ところで、正岡と荷風のように、両者の内心がちぐはぐで、野次馬をして満足させるようなものはなかなかみつからない。

古川ロッパは戦争中までは喜劇俳優としてエノケンの好敵手だった。戦後のロッパだけごらんになった方は、首をひねるかもしれないが、サトウ・ハチローや菊田一夫が文芸部に居て、喜劇ばかりでなくモダン新派みたいな方角にも手をひろげていた。

そのロッパに「悲食記」という戦時中の食生活のことを主に記した日記がある。あの物資窮乏の時代とはいえ、さすがに人気者のありがたさで、至るところで山海のご馳走（当時としては）が現われる。それがシャクのようでもあり、面白くもある日記だ。

昭和十九年三月二日（木）として左の記述がある。

夕やみの中、有楽街を歩く。各劇場、黙々としている。（筆者註、大劇場閉鎖命令のため）日比谷公会堂で、東宝と東京新聞主催の航空紙芝居大会あり、それに出演。八時にアガリ、徳川夢声と省線で帰り、「ウィスキーありますよ、一寸寄っていらっしゃい」と誘い、わが家で、夢声と、十二年を飲み、標準語学校の設立という話をしつつ酔う。

徳川夢声にも戦時中の日記があり、これは比較的赤裸裸に心情を記してあってなかなか読みごたえがある。そしてなによりも毎日のことが細かく記されているのに、私のような怠け者はびっくりする。前記と同じ十九年三月二日の項は、

（前略）有楽町下車、寂とした有楽街を抜け、日比谷公会堂十八時着。戦意昂揚紙芝居大会である。公会堂の紙芝居は、烈風のため七分の入り。舞台が大きいのに画が小さく貧弱である。三本とも少年航空兵のことを扱い、同じような筋なので、後へ出る者ほど損であった。

最初は黒川弥太郎村田知栄子嬢かけ合いで、レコード伴奏、効果など入れて大車輪。二番目が私で「敵機を撃て」という物語。老眼鏡をかけると、客席に笑声が起る。また今宵は殊のほか頭の白いのが光るようだ。紙芝居を公衆の前でやるのはこれが始めてである。サイレンの音を口でやったら喝采であった。三番目は古川ロッパ君の出演。すっかり私に喰われた、とあとで彼いう。紙芝居の前に入江たか子夫人が挨拶をした。本来、彼女も紙芝居をやるところであったが、私たちと一緒ではと、切に断ったものの由。さすがの彼女も、今夜あたりはあまり美しくない。大分くたびれている。

ロッパ君と省電で帰る。東中野下車ロッパ邸に寄り、ウィ御馳走になる。正しき日本語を話す集りについて語る。

この両雄は、同じ年にもう一度、顔を合わせている。十九年六月二十七日の両雄の日記だ。

（前略）三笠艦ロケーションで、午前中何もせず飯となる。握飯を貰い、ロッパ君の蝦を貰い食事。ロッパの校長が、甲板で悲歎してる所へ、私の戦友がかけつける景を撮る。

ロッパ君は華族の出である。我がままものである。ぜいたくものである。殊に口のおごりは一通りではない。ところで、今日の彼の弁当は、横浜の支那料理店で作らせた折詰めであるが、開けたとたんに顔をしかめて、あッ、もうゴザってると言った。それでも、構わずムシャリムシャリと喰い出した。私の方にまでプンと臭うほどゴザっているのである。私は皆に配給された握り飯二コと沢庵二切れとを以て食事する。私の沢庵も緑色にゴザっていた。私もゴザリ沢庵をムシャムシャ喰った。

ロッパの方は、

磯子S楽の朝、快晴のピーカンなり。急いで、朝食。但し味噌汁だけ貰って、昨夕のK閣の炊飯を折詰で持参したるを喰う。湘南電車で横須賀へ。A井旅館に寄り、カツラをつけて、軍艦三笠へ。艦内砲廊にて、徳川夢声と二人のくだり。数カットで終り、三時の横須賀発で帰る。わが家にて三日目で風呂へ入り、ああいい心持。

腐った弁当があまり身体にひびいてないようなのが、面白い。
こうやっていろいろ集めだしてみると、なんだか同月同日日記収集に凝りだしてみたくなる。同じ日に会った人物だけでなく、大事件のあった日のいろいろな人たちの日記を読みくらべても面白かろう。なるほど、日記マニアが居て、古書展などで高い値がつくという話もわかるような気がする。

室内楽的文学

神吉拓郎さんのことは直接のお交際《つきあい》がはじまるずっと以前から存じあげていた。私ばかりではない、出版界では夙《つと》に有名な人物で、もちろんそれは作家ということで知られているのだけれど、野坂昭如さんなどとラグビーのチームを作ったり（お目にかかるとわりに小柄で、美男子で、スポーツマンタイプには一見は見えないし、そのうえお年もそう若くないのだが）、美しい奥さまとスイートな家庭を維持し、さわやかで洗練された都会人で、誰にきいてもすてきな人だという。そうして、抜群に原稿がおそい。

この最後の、原稿がおそくて寡作だというところが特質で、人によっては、なぜあの瀟洒な人が、こんなに編集者を泣かせるのでしょう、という。

それで同じく原稿のおそい私などは、遥かにご健在を祈っていた。五味康祐氏や藤原審爾氏が亡くなって文壇も遅筆型がすくなくなっている。原稿書きというものは不思議で、自分だけおそいというのは心細い。私が直木賞をいただいたときは、野坂昭如さんだの井上ひさしさんだのが、遅筆が一人増えたといって喜んだそうだ。

遅筆型といってもいろいろなタイプがある。仕事量が多すぎるために物理的に処理しきれないでおくれる人、イマジネーションを武器に書く人、これはテーマを先に立てて小説を造る人よりどうしてもおそいし、寡作になる。イマジネーションというものはどう文字にしても完璧には写しとれないから、したがって産みの苦しみが増すことになる。不便だけれども、その人の資質だからしかたがない。それからもう一つのタイプは、凝り性の人だ。もともと何かを造るのには凝る必要があるけれど、特に神経が繊細だったり、洗練に対する感度が鋭いと、どう書いても気に入らない。溜息をつき、身も細るおもいで仕事が進まないということになる。

遅筆だから怠けているというわけではないのですぞ。

私などは、もう一日、二日、じっとしていればすこしはましな考えが出るのではないかと思って、不便をこらえてじっとしている。それでぎりぎりのところから逆算して、今書かなければまにあわないという線までくると、もうヤケで、ええい、涙を呑んで急仕上げをしてしまったりすることがあるが、神吉さんはそういう杜撰《ずさん》なことはおやりにならないから、傑作か、しからずんば、ゼロ、ということになる。傑作に対する感度がきびしいほどに、寡作になるという寸法である。(なにか自分の弁解をしているようであるが)

それにしても、神吉さんのエピソードはいろいろの形で私の耳にも入っていた。矢崎泰久さんにいわせると、こうである。

矢崎氏の雑誌「話の特集」で、神吉さんに短篇を頼んで、二週間ほど社に缶詰にした。原稿用紙を抱えて社に現われた神吉さんは、悠揚迫らず、

「大丈夫です。きっと仕上げます」

さわやかにいった。そうして二週間目、編集者が部屋に入ると、積まれた原稿用紙の一番上に、

「矢崎さん、ごめんなさい――」

とだけ、書いてあった。云云――。

神吉さんがニコニコして、「ええもう大丈夫です。もう手はつけてありますから――」というときには、まだ題名くらいしか書いていない、という説がある。しかし、すてきな人柄で、静かに、さわやかに、出来ていないのだから、誰も怒れない。

地震がくるぞ、という噂が喧《やかま》しかった頃、あるところで私はこういった。

「地震で小説書きが全部死んじまえばいいな」

誰も他に居なくなれば、いかに私がおそくて拙劣でも、註文がひきもきらないだろう、という冗談であるが、すると山藤章二さんがすかさずこういった。

「そういうけど、色川さんと神吉さんだけしか残らなかったら、いったいどうやって註文を処

理するんですか。それも地獄でしょう」

なるほどそうだ、ということになった。

あまり同業者の小説を読まない方なので、ある雑誌にのっていた「二ノ橋柳亭」という神吉さんの作品を読んだのが、私は初めてだった。生意気ないいかただが、一読、感銘を受けた。一字一句、精練されていて、ペダンチズムに落ちず、人工的であるが高い品格を保っている。神吉さんが寡作だということが、この一作で、すっと納得できた。

それからまもなく、「二ノ橋柳亭」が入った本書（『ブラックバス』）が刊行され、直木賞の候補になっていた。私は神吉さんの短篇集ということで、一つ一つ味わうように熟読した。

期待は裏切られなかった。巻頭の「ブラックバス」、気持のいい室内楽を聴いているような、いかにも東京ッ子の神吉さんらしい仕上げぶりだった。私は同じ東京ッ子でも、猥雑な方にばかり眼を向けているが、この中に出てくる明さんという大学生、この肌合いもよく知っている。そうしてこういう育ちのいい人物は造型が意外にむずかしいのであるが、まさしくこの書き方以外にないと思えるほどにおさまっている。室内楽、つまり絃楽器の音というものは、この刺激的で小いそがしい世の中では他を圧するような響きにはならないかもしれないが、ヴァイオリン、チェロ、バス、同質ながらそれぞれに特長のある音が小説の中でないまぜになり、実にしゃれたアレンジで一篇をなしている。

近頃はこういう短篇作家が減った。また、短篇を味わうように読んでくださる読者も減った。けれどもモーパッサンやO・ヘンリーの昔から連綿と続いた短篇小説の粋が、このまま衰えていくのはなんとも残念だ。神吉拓郎さんが、まるでその望みを満たすかのように現われて、近頃は生産量もあがっているようなのが、まことに心強い。

「かぼちゃの馬車」の、キャサリン・ヘプバーンでも出てきそうな都会的洗練さ。「昔噺じゃがの」のおだやかだけれどいつのまにかひきこまれてしまう物語性。いずれも絃楽器の快い旋律に酔ってしまう。

その次の「巫山《ふざん》の夢」、これはひょっとすると女性の読者には顰蹙《ひんしゅく》を買いそうな材料だけれども、文章の魔力というのか、短篇を読む楽しみを充分に与えてくれる一篇である。こんな材料をこんなに巧みに書ける人が居るのか、と私などは嫉妬を感じる。

「なんにもしないのよ。……ブラシを掛けるだけ。ホラ」

女はそういって、かるく頭を左右にゆすった。

この一二行にあらわれるくっきりとした色気。

「考えてみまあす」

という女事務員の一言。この可憐で現代風な色気。

それぞれ、現実のソープランド嬢や女事務員のただの写生ではない。短篇小説というものは、一字一句、一行二行の勝負が積み重なっているもので、言葉の芸、といういいかたもできよう。

今、小説は管楽器の音で満ちている。絃楽器があっても、管の音に対抗して電気楽器になっている。しかしまた一方で、ウッドベースや、ＰＡを使わないピアノの音を愛好する向きも増えている。シャウトする曲ばかりが音楽じゃない。いささかおせっかいにすぎるかもしれないが、お若い読者の方方にも、こういう小説を味わっていただきたいのである。本書が大方の好評を浴びながら直木賞を貰いそこなったとき、以上の気持を含めて作者に長い手紙を出した。

私の杞憂ははずれて、まもなく「私生活」という短篇集で直木賞をとり、以後今日まで順調で、ますます文運隆盛の趣きがある。これは余談だが、本書は惜しくも賞をのがしたとき、平常泣かされているはずの各社の担当編集者たちが音頭をとって、神吉拓郎をはげます会、というのがあり、まことに心あたたまるパーティだった。神吉さんの人徳と、奥さまの美しさが、その夜、光り輝いて見えた。

日記失格者

お相撲さんが十両に入り、幕内に進んで、関取として定着するにつれて、自分の固有な土俵態度というものができあがってくる。近頃は力士の土俵態度の形態模写をやる芸人が居るくらいだから、大勢の人々がそういう眼で見ているのだろう。特長的な癖を一つ二つとりいれるだけで、大勢の客が理解してすぐに笑う。

それはそれでいいのだけれど、なぜ、その癖を、同じところで、同じ形でやるのだろう。自然にそうやってしまうのか、様式を意識してそうしようとしているのか、そこらにくるとわからなくなって、お相撲さんというのは奇妙な生き物だな、と思う。

一つ二つの癖だけでない。お相撲さんというのは、土俵にあがってから勝負に入るまでの動きが、年がら年じゅう、どの力士もまったく同じなのである。歩き方は体形に応じて我我も自然に固有の形ができる。仕切の形も、一つの型になるのも、まアわかる。しかし塩をとりに行くとき、どの足からどのように出て、歩幅が同じだから何歩でたどりつくかも定まっているし、首の曲げ方、両手の動き、塩のまき方、すべて判で押したように同じになる。

私の子供の頃、巴潟という力士がいて、彼は癖が多かった。肩こりのときのように首を左右に振って肩にぶつけるようにする。両手を折り曲げてふんばる。肩を上下させる。癖はいくら多くても不思議でないが、実にいそがしいが、どんなときでも手順は寸分違わないとなると奇妙だ。巴潟に限らず、昔は土俵態度も明瞭な特長があった。今は、いくらか曖昧だが、それでも固有の型はどの力士も持っている。癖や体形の問題なら、同じような形があって当然だが、すくなくとも同時代に同じ所作をしようとする気配は誰にもない。

かなり意識しなければ寸分違わずというところまでいかないし、では意識してどういう利があるか。勝敗にはまったく関係がない。

力士にときおり訊いても、いつも返答は曖昧で、

「ウーン、緊張するから、そうなるんでしょう――」

何か隠してるな、と思っても、隠してどうという問題でもない。見世物としての様式を完成させるために、相撲協会のヴェテランが指導振付をするという気配もないようだ。

しかし皆が、力士生命のある限り、自分の型にこだわり続けている。

子供の頃からその点がどうも不可解で、わからなければ困るというほどのこともないが、五十すぎて、世間のいろんなことに少しは即応できるようになっても、まだ喉もとにひっかかっ

たまでいる。

今、後藤明生氏の面白い小説『蜂アカデミーへの報告』を単行本で再読していて、後藤式連想術の影響を受けたのか、ふっとお相撲さんのことを思い出した。

お相撲さんの生活は、勝敗という明瞭なものが軸になって形成されていて、はた眼にわかりやすい生活だと思う。私は東京育ちで子供の頃から眺めているから、お相撲さんというものをほぼ知っているつもりである。しかも不可解な部分があって、その小部分のためにお相撲さんが奇妙な生き物に思えてくる。もっともその点があるので力士への興味が持続しているといってもいい。

実をいうと私は、昨日、一昨日、ばくち場に居続けて、朝九時、蹌踉として帰宅し、本誌（「新潮」）の〆切のためにこの本を再び開いたところである。そのせいもあって、主人公の山荘でのおだやかな暮しというものにすぐには溶けこみにくかった。知識人の生活と私のような遊び人の生活とを直に比較するわけではないが、遠い距離がありながら、結局は世間が思うほどの差異はないのではないかと思う。いや、そうでもないけれども、そのへんの差異には、あまり困惑を感じないかわりに、差異がすくないからといって共感も促進しない。

私が力士のことをふっと連想しはじめたのは、すずめ蜂との格闘が本格化してからで、これはどうも、不思議だな、と思いだした。主人公と、蜂と、双方にとって、ユーモラスであり残虐でもあり、またマニアックでもあるこういうことを嫌いなはずはないが、私はこれはやらない。やりたくないというほどはっきりしてもいないが、なんだか、やらない。或いはできない。それでそうなったら金輪際やらないで、迷惑をかみしめながら蜂とだらだらと共生してしまうだろう。

それで面白くなった。お相撲さんの不可解な部分が五十年も喉もとにひっかかっているのと匹敵するくらいに、なんだか面白い。私どもはわりに簡単に〝生活〟という言葉を使うけれど、それは意味なくまとめているだけで、まとめるという作業にろくなものはない。生活というものは、やっぱり、日日のすぎゆきを通じて、不可解な部分を溜らせていくということではあるまいか。それを造成表現するとなると厄介で、でき物のようなものが軸だけれども、でき物は自立しているわけでなくて、身体にくっついているので、本体を無視してしまうわけにもいかない。

作者は、日記が記しきれないタイプだといっているけれども、私も同様、日記に関して無能力である。作者と同様、記しだすと丸一日かかりそうで、他のことがなにもできない。

この小説を読み終って、俺もなんとかして、これからでも、日記をつけなければいけないぞ、ということも思った。荷風散人のように、天候や喰べ物のことなんかどうでもいい。公表を考えて、自分の日常のわかりやすい部分を記すということなら、日記でなくても、小説というような形でもいささか記せないこともない。

自分が関わりあっている公表しえぬ世界のことに集中してもいいし、自分の病気に関する個的なことでもいい。それらは日記という形で記しつけておけばよかったのに、そのための惜しい年月を無駄にしてしまった。

それは、多分、小説という型式に対する自分の無能を感じているからでもあろう。情緒や道徳がよかれあしかれ安定していた時代とちがって、今は、すべてのことを記さなければ記したことにならないのではないか。という怖れが念頭を去らない。

もうスペースがなくなってしまったが、後藤明生氏の仕事は、その点でいつも注目している。拡散していく方向で造形していくより仕方がないが、まとめ仕事をしたって意味ないのはもちろんだが、拡散が邪魔をしてくる部分を、どうやって乗り越えていくか。

いつか酒場で、

「未来乃至未来感というようなことは、小説の中でどうやってあつかっていくつもりなの」

と訊くと、彼は言下にこういった。

「俺の小説、それが未来さ」

会話はそれから始まるはずだったし、今もそのあとをしゃべりかけたいが、むずかしくってどうもうまく記せない。

動乱期への郷愁

大戦争、敗戦、戦後の混乱期、この国を大きく揺り動かした動乱時代も歳月の波に押し流されて、もうだいぶ遠い昔のことになった。あの経験を肌にしみつけている人は、もう五十代より上の人たちである。動乱を知らぬ若い人たちが、芝生の緑のように国じゅうに満ちている。その若い方方が本書（本田靖春『疵』）を読むと、たった四十年の差なのに、まるで異国の物語のように感じるだろう。所詮、時代の条件の中でしか生きられないとすると、生きるということはなんと哀しいことだろう。これは愚連隊の豪傑花形敬を主人公にしているが、同時に動乱に偶会した当時の都会の若者たち一人一人の物語でもある。

かく申す私は昭和四年生れで、敗戦時は十六歳。花形より一歳上で東京育ち、そっくりそのまま同条件を生きてきた者である。ちょうど人格形成期をそっくり動乱の中ですごした者として、一読、哀切な思いを禁じ得ない。今、生き残っている私と、客死した花形の差は、運と、ほんの何センチかの個人的条件のちがいでしかないと思う。

そこで、私どもの共通点である動乱の特徴を（本書にあますところなく記されているが）簡単におさらいしてみよう。

焼野原の東京、といってもそれを知らない人にどう説明すればよいか。上野の山から浅草の国際劇場が丸見えで、その間、焼ビルが点点と建つのみで地上に何もなかった。地肌が現われると東京は意外に丘陵地帯で、下町をのぞくとどこもうねうねと勾配があった。

そこに地下壕やトタンで囲った小屋ができる。そこに住めるのはいい方で、駅の地下道で起居している勤め人もたくさん居た。

衣食住、すべて無い。こう記すと敗戦とからめて暗い時代を想像しがちだが、ところが人人の心の根本は明かるかった。なにしろ長い大戦争が終って、ああ、自分はともかく命だけは助かった、戦争で死なずにすんだ、という気持があったからだ。戦争中の中学生である我我は、一人残らず、戦争で近い将来に死んでしまうのだ、と思っていた。それが思いがけず助かったのである。さァ、何が無くとも生きられるぞ、誰も口には出さなかったが、希望をとり戻した。これが第一の特徴。

しかし、何も無い。辛うじて稼働しているのは官庁と銀行ぐらいで、財閥はほとんど解体され、会社なんてほとんど復活しておらず、したがってサラリーマンの姿がすくない。花形職業のトップはブローカー。大概の者がヤミ市だのヤミ物資にからんで生きていた。

衣も食も配給制度だが、配給だけでは飢え死してしまう。だから一億国民すべてが、ヤミ取引という法律違反を犯さねば生きのびていかれなかった。また警察力も非常に弱く、法律違反をして誰も変に思わなかった。

なにしろ新宿のテキ屋の親分の尾津喜之助が、大相撲の土俵上で名士として挨拶し、選挙に出てくるという時代である。若者たちの人生設計がゆがんでくるのは当然ともいえよう。これが第二の特徴。

本文にもあるように、学校の教科書は、急場のまにあわせで、戦時中の特徴が墨で消され、昨日までと反対の趣旨で教える。教師も中途半端だったし、教わる方は、教師を含めて昨日までと反対のことを唱える大人たちを信用しない。その結果、自分たちの肌合いや感受性を頼りに、時代の特徴だけを見つめて生きていくようになる。これが第三の特徴である。

動乱期という点は大きな共通点だったが、しかし同時に、動乱期の特徴で変転が早く、私どもはたった一年ちがっても、微妙にちがう条件にぶつかる。たとえば、私たちの一期上までは旧制中学は五年制だったが、私たちは四年卒業である。私の同級生で少年飛行兵や予科練に行った者は、早くも東京上空でB29を邀撃《ようげき》しているし、海軍兵学校や陸軍士官学校に行った者は、それぞれ卒業寸前だった。

花形は一期下だからまだ旧制中学に居て、墨でぬりつぶした教科書に遭遇しているが、私の同級生は敗戦寸前の二十年三月に中学を卒業している。これも微妙だが大きなちがいである。私たちよりほんの少し上の学徒出陣世代は、私たちにいわせれば、ある程度の人格形成ができてからの動乱だったともいえよう。私の前後、つまり昭和ひとけた前半が、人格形成期の最中に動乱にぶつかった不運な世代なのであるが、これとてほんの短い帯で、この後は、戦後の教育喪失期という難しい特徴にぶつかるのである。

なにはともあれ、敗戦直後の一瞬は、金持も貧乏人も差がなくて、全員が衣食住にこと欠く有様だった。また、遵法者も非遵法者も、つまり堅気もやくざもほとんど差がなく、ごちゃまぜになって暮していた。ほんの一瞬だが、その一瞬のところで自分の人生設計を定めていかねばならなかったのが、花形であり、私どもだったということができる。

敗戦直後、新宿のはずれにBという(今日風にいえば)ぼろスナックがあり、不思議な店で、やくざ、前科者、薬中毒、愚連隊、ヒッピイ、そういう者たちしか集まらなかった。見知らぬネクタイ族なんかがくると、ここはお前たちのくるところじゃないよ、といって、ママが追い帰してしまう。アメリカ物資だの薬などがここで取り引きされており、新宿界隈でなにか事件がおきると、淀橋署の刑事がまっすぐここに飛んできて、情報を探ったりするという店だった。

この店で、何度か、若き日の安藤昇を見かけたことがある。当時は多分、愚連隊の先駆者といわれた万年東一や小池光雄たちの若い衆だった時分ではないか。

私は戦時中に同人誌活動で無期停学になったまま、中学に戻らず、子供のくせにばくちを打ち歩いていた頃で、ケチな不良を自認していたから、本筋の不良で凄い男前の安藤を遠くから眺めていただけだったが。安藤たちはBにも、洋モクやウイスキーなどを持ちこんでいたようだった。

あれが花形だよ、と誰かに教わった記憶もある。本書を読んでみると、当時は安藤と花形はまだつながっていない時期だから、安藤とは別別にその店に来ていたのであろう。安藤はもちろん、花形も、その時分から無関係な不良でも名前ぐらいはきいていた。

私の記憶にはその夜の花形が粗暴な振舞をしたという印象はない。しかし私などより年上に見えた。

後年、映画俳優になってからの安藤昇と多少の交際ができたが、彼は実に頭のよい男で、一語一語考え深く話す調子に、その社会を泳ぎきってきた凄みがないまぜになり、独特の魅力を作っていた。やっぱり、並みのやくざではない。

それから本書を通読して、もう一つ痛感することは、花形敬という人物が、単に粗暴なギャングでなく、およそ人間が持っている諸要素を残らず備えているということである。粗暴だが優しく、短気だが隠忍し、意志的であるくせに暴発し、執念の鬼かと見れば淡泊だったり、安藤といい花形といい、特殊な欠陥人間ではなくて、むしろさまざまな能力を大振りに備えている男たちだった。それが、時代の条件で揺さぶられているうちに極端な色合いになってしまう。

そこのところを感情移入して記している作者本田靖春さんに同調して、あの烈しい動乱の時代に対する郷愁を湧かせるのである。よかれあしかれ、私どもはあの時代から出発をしたのだから。

死ぬ者貧乏

文壇というものが、あるのだかないのだか、近頃はますますおぼろになってきているようだけれど、この『人間・舟橋聖一』を読むと、昔の作家は、よかれあしかれ、文壇というものによりどころを求めていたことがわかる。

その当時の文壇なるものを知らない私のような者でも、丹羽文雄氏を出羽海部屋の親方とすると、舟橋聖一氏は立浪部屋の親方というぐらいのイメージは持っている。そのお二人がライバルとしての確執があったということもこの本ではじめて知った。なんとか賞受賞がどちらが先だとか、芸術院会員に推される順序で一喜一憂したり、錚々たる流行作家が、さながら官僚が出世を競い合うごとく、相手より上に行こうと大童わになっているのが不思議にも思える。

舟橋氏は、菊池寛が創設した文芸家協会の再建を引き受けた。作家の所得税から必要経費を差引くことを税務署に認めさせたのは舟橋氏の功績だそうだ。

文芸家協会の会長を定めることになり、その下相談の席上で、舟橋氏は自分が会長になることを名乗り出る。ところが他の三人の発起人(石川達三、富田常雄、丹羽文雄)が誰も賛成しない。

「君らはぼくがエロ作家だから、反対するんだろう」

舟橋氏は小児ヒステリーのように蒼白になり、慄えだしたという。そうして突然上体を仰向けにし、両腕を空に向け、ぶるぶる震わせた。立上ろうとしてよろめき、卓上の茶碗を両手を使って払いおとし、身をもんで泣きだしたという。

舟橋家の母方の祖父は古河財閥の大番頭で、有名な足尾銅山の鉱毒事件の当面の責任者であり、防毒工事を一応完成させた人物の由。大ブルジョアで、部屋の中に上段の間があり、殿さまのように祖母がそこに坐っていた。舟橋家でもそのしきたりを踏襲して、同じような造りの部屋に当主の舟橋氏がでんと坐り、多くの使用人のうち男衆などは畳の上にあがるのを許されず、廊下にかしこまって挨拶をしたという。

そういうブルジョア生活の一方、鉱毒事件の元凶として世間から指弾されたり、鉱山学の権威だった父の失脚で経済的にもいきづまったりした。舟橋氏は長男として、放漫な出費を是正したり、世間の指弾から両耳をふさぎ、ひたすら身体を小さく曲げてすごしてきた。苦しんだわりに家族たちから評価されなかった。

そうした環境の中で成人し、小説家として成功した舟橋氏の人となりを、ライバルだった著者丹羽文雄氏の視線から描いているのが、この『人間・舟橋聖一』だ。

新橋の芸者と遊んで、初会はもちろん舟橋氏が金を払った。しかし、二度目に、ことが終ると、

「この前は、ぼくが払ったけれど、今度は君もけっこう愉しんだんだから、君の払う番だよ」

といったという話。

熱海の芸者をくどいたが、ことわられた。しかしその芸者は考えなおして、翌日、舟橋氏の世話を受ける決心をした。

すると、舟橋氏がこういった。

「昨日の私の話をそのまま期待してきただろうが、昨日と今日とでは立場が変っているよ。月月の手当は半分ということにする」

売り手と買い手の立場が逆転したということらしい。

舟橋氏は酒を呑まない。妾宅で出されたビールの呑みかけを、

「もったいないから――」

といって、外で待たせている自分の車の運転手のところに持って行かせた。小女がその言葉を伝えたので運転手が烈火のように怒った。

所得額と申告額の相違に関して、国税局に喚問されて、

「君たちには毎年相撲を見せ、高いてんぷらを食べさせているじゃないか」

と居丈高に怒鳴ってしまう話。

まだまだユニークなエピソードで埋まっている。要するに、殿さまのようにして育ってしまった人物が、わがままをいったり、配慮に欠けていたり、そのくせご当人も屈託を抱いていて鬱鬱として楽しまない、といった横顔が眼前に現われてくる。

周囲の顰蹙を買いながらも、憎めない人だった、と著者は記しているが、著者をしてこれだけ詳細に調べあげ、一冊の本にまでさせてしまう熱意のようなものは、一体何なのであろうか。舟橋氏の詳細は描かれていても、丹羽氏の詳細が記されていないので、なんとなく、死ぬ者貧乏という感じがすることも事実だ。

ともあれ、昔の人は皆傑物だと思っていたが、案外子供っぽいので、少し安心している。

書評失格

私は今、うっかりこのページ（「新潮」書評欄）を引き受けたことを後悔し、困惑している。この《作家の方法》というシリーズのもう一冊の別役実氏の『ベケットと「いじめ」』を面白く読了したところだったので、軽い気持になってしまった。そうして『聖書と終末論』（小川國夫）も興味深く、いろいろ教示を受けつつ読んだが、私にはこの本の書評をする資格がない。第一、《作家の方法》である以上、それぞれ固有のものであるべきで、評するというような性質のものではない。

私は愚か者のうえに心がねじくれまがっていて、非常に関心があるくせに、いまだに宗教というものの大きさを実感することができかねている。信仰できない者が信仰の人にあれこれいうことはできない。といってここはおのれを語る場でもない。

旧約聖書は私にとって最高の文学作品だった。文学としてしか読めない自分に劣等感もある。私はつまり、芽生えて、育って、枯れる、というナンセンスな、しかし揺るがぬ真実のところから一歩も動けずに居るのだろう。そうして（イェホバの神をも含めて）人間の情念の深さというものにも足をすくわれる。私が欲しいのは、ナンセンスな真理をうわまわる観念としての絶対であって、情念の側のものは、これもやっぱり欲しいが、同時になんだか倫理に反する行為のような気がする。私には、士師や、キリストの弟子たちが、なぜあんなに敬虔なのかよくわからない。絶対に対しては情念で戦って亡びるのが、いいとかわるいとかよりも、ナンセンスな定めであろう。なぜ亡びるかというと、芽生えて育ったからというほかはない。それ以外の何を考えようとも、育つことが原因で亡びるというイメージが消えない以上、どうも他人事のように思える。

どうも弱った。書評の体をなさない。こんなことをうだうだ記しつけたところで、小川さんは度しがたい奴と思うだけだろうし、また私にしても、小川さんの方法、業績に対しケチをつけようという気持は毫もないのだから困ってしまう。小川さんがこの書で提出されていることは、われわれの死というものをどのように思い描くべきか、ということと、《この世の永遠の生を信ずる》というキリーロフの例などを持ちだして、死を決定づけられながら（来世のでなく）永遠の生命を貫ぬく知恵について、そうしてその結果、終末に至って正しい裁きを受ける、その法悦を伝えようとされている。

私は、三蔵法師を迎え撃とうとする化け物とまではいかないが、水底の河童のような表情で一行を見送っている。そういう自分が哀しいのだけれど、出て行って供をしようという気持までは、なおいくらかの空間がある。

急逝した息子へのレクイエム

他の人の作品を読むと、特に同時代の人の作品を読むと、それぞれの意味で頭を抱えたくなるのでいやだ。ことに近頃は、自分などがまっとうな顔をして文章を書くことが許し難くなっているから、人の作品から逃げ隠れしたいような気持だけれど、津島さんの作品は欠かさず読んでいる。どうもなんだか、他人の作品に思えないような、あたたかな血の流れに接しているようなところがあって、孤独の気分が慰められる。それからまた、同じ理由で、実に実に、骨身にこたえるようなところもある。

どうしてそうなるかといわれても、端的な言葉になりにくい。無理によそよそしい言い方をすると、彼女の作品はいつも、私などが平生、便宜的にがさつにあつかっている、或いはつい放置してある胸の中の故郷のようなところに私を引き戻してくれるからであろう。そうして、大きくてつよい作者の生を追求する筆致にいつのまにか吸いこまれて、私が作者であるかのような錯覚を味わっているのであろう。

すぐる年、津島さんが出会った大きな不幸を、ひと月ほどおくれて人づてに知った。私にとっても、相撲場に連れていったりして肌の感触まで知っている坊やだった。すぐに友人としてできそうなことをあれこれ考えたが、慰めるというような範囲をはるかに越えた出来事で、とつおいつ思い惑いながら、結局、沈黙してしまった（作中の母上はまことに立派な処し方をしておられる）。ただ、辛い時間を通過して立ち直ってくれることを祈り、津島さんのつよさを信頼しているばかりだった。

以前は折り折りに気軽に電話などしていたのだけれど、あれ以後、こちらから連絡がとりにくくなった。時間がたって行くといっても、一度あった大きな出来事はけっして消えないし、片づきもしない。そのことを避けたりないがしろにしたりしてしゃべるのは不自然だし、慰め以上の大きな力をもってしないと触れることもできない。卑小な私は自信がなかった。

小一年ほどして雑誌にのった短篇は、作者がやっと、あの大きな出来事に、小説家として対するようになれたことを示していた。それから奔流のように、作品が生まれた。

この一冊（『真昼へ』）は、その延長の諸篇を集めたもので、あの大きな不幸を軸に、二代にわたる母と子の関係、兄との関係、肉親や身近な人人、それから小動物たち、天変地異に匹敵するものまで含めて、自分を包みこんでいる諸物を描き、さながら荒野をわたるように、或いはまた、生の煙りをもくもくとあげながら日日を歩む。延長の諸作といっても、作者の眼は次第に、より大きなものを見据えてきているようだ。

語り手の胸を去来する映像はいずれも鮮やかに描かれているが、中でも感嘆するのは七十歳になる母親で、これは惚れ惚れするくらいきっちりと描かれている。この母親は併立した存在なのだが、娘にとって長いこと重要な対立物だった。ダウン症の兄を亡くすという典型的な不幸もあり、また平素から律のきっちりした人なので、固く完成しちゃっていて、どうもうまく対応しきれない。それが自分も子を亡くして、併立の関係に変っていく。単に事件がそうさせたのでなくて、望みとしてその関係を捕捉していく。

荒野をわたるような生と認識しているが、自分もまた荒野の中の一つでもあるわけで、母親との関係ばかりでなく、我が子、我が兄、或いは自然物なども、対立物としてでなく、総じて併立した関係として捉える。併立の関係から微妙な葛藤や、深い共感が生れたりする。私のような単なる読者にも、血のぬくもりを感じさせるのはそんなところなのだろう。これは日本の小説独特のコミュニケイションで、しかも津島さんはそのまま終らせない。

「泣き声」の末尾、

――廊下に残され、死体と向き合う形になってしまった私は刻刻、恐怖に身が裂けていくような心地になり、その死体が誰かという考えも消え去り、耐えきれずに泣き声を放った。その声がどんどん大きく、高くなっていった。澄んだ響きが限度を知らずに拡がっていく。自分の声が眩しい光のように感じられ、なにも眼に映らなくなった。声は途切れずに、ますます高く続いた。——

「真昼へ」の末尾も、外が光で充たされている。

こう記されてしまうと、私などは骨身にこたえる。こういう地点に達しなかった私はペンを捨てて、荒野の雄雄しき女旅人を見送るだけだ。

逸すべからざる短篇

短篇小説を三本あげようと思い、頭に浮かんでくる作品を、早い物順に並べることにする。熟考するとあれもこれもとなってきて始末がわるい。

①W・フォークナー「納屋が燃える」Barn Burning. 南北戦争後の農村地帯を、廃兵のような恰好で放浪している男とその一家の話。彼は臨時の作男や雑役夫に雇われるたびに、放火をして叩き出される。裁判になると息子がかばいだてしていつも証拠不充分。行倒れ寸前に雇われた農家の納屋にまた火をつける父親と、眺めている息子。どうにもならない濃い屈託が印象的だ。手元に本がなくて読み返せないが、フォークナーの読みはじめに近く、この短篇で信頼して、おいおい長篇を熟読していったのだった。しかしこの作家は短篇のワザも冴えている。

②グレアム・グリーン「破壊者」。二十一の短篇の中に入っている。空襲でも、たった一軒だけ危うく残ったボロ家屋があって、元請負師の老人が一人で住んでいる。彼が連休に留守にすることを知った附近の悪童たちが、連休明けまでにあの家をこわして影も形も無くしてしま

おう、という計画に夢中になる。内部からこわしはじめれば途中で見咎められることはない。九歳から十五歳までの十二人の子供たちが一致団結して、ボロだけれども古い装飾で飾られたその家を丸二日間で、外郭だけにしてしまう。予定より早く途中で帰ってきた老人を離れの便所に閉じこめるなどして。

外壁は隣りの駐車場のトラックにロープでつながれ、何も知らない運転手が、朝、車を発進させると、大音響とともに崩れてそこに何も無くなってしまう。

いささか達者すぎる記述の仕方が抵抗をおぼえなくもないけれど、この発想が気にいった。末尾の運転手の述懐、「ごめんよ。どうにも我慢できねえんだ。べつに個人的にどうっていうんじゃねえが、なんとしても滑稽だなァ——」。そのとおりで、なんだか笑いだしたくなる。

もう一本がなかなか便利にきまってくれない。あれもこれもだ。日本の小説を一本。

③石川淳「焼跡のイエス」。鮮やかな短篇というだけでなく、傑出した小説だと思う。私が焼跡世代であるせいか、この作品に特に強く喚起されるものがあったが、戦後まもなくの石川淳の諸作はいずれも異様なリアリティがあった。以上、三本ともに若い頃に読んだものだが、あんまりたくさんの小説を読んでいないので、三本ともなんとなく血肉化され、それぞれの理由で自分の作品の造り方に影響を与えられたと自覚している。

ところで、他にも逸すべからざる短篇を、今、次次に思い出したところだ。

半村人情噺の「粋」

いいなァ——、読みおわって思わず呟いた。どうも久しぶりで嬉しくなるような小説集に出遇った気がする。こういう浴衣がけで下駄をはいたようなスタイルの小説が、ありそうで実にすくない。なぜ、すくないかというと、仕上げがむずかしいからである。本当だよ。読む方にすると、軽く淀みなく一気に読めていって、なんだ、このくらいのものなら自分にだって書けそうだぞ、と思うかもしれないが、それが実は至難の技。嘘だと思うなら、浅草に陣どって横丁から横丁を飛んでまわり、見聞きしたことを書きつけてごらんなさい。似て非なるものができあがる。近頃は誰でも文章を書くご時世だが、芸がないと書けないものというのが、まだあるんです。いつに変らず肩ひじ張らずに暮している浅草庶民たちのたたずまいを掬いとって、それはたしかに実景でもあろうけれど、どこかわからぬように魔術のタネが仕こまれていて、現実がスラリと小説世界になってしまうのだ。半村さんはSFをはじめいろいろなジャンルの小説をお書きになるが、私は人情噺の大家だと思っている。人情噺という言葉も古くなってしまったが、以前の落語家は人情噺をこなさないとけっして一流とはいわれなかったものだ。今、人情噺をこなす小説家が、はたして何人居るだろうか。

浅草、ときいただけで郷愁が胸にくる。私は山手と下町がごっちゃになったような神楽坂の生まれだけれど、どういうわけか子供の頃から浅草をふらついていた。なんだか自分が生まれ育った古い家のようだ。その浅草も吉原がとうになくなり、六区の興行街も現在は廃墟に近い。(立川談志にいわせると、あそこは夕方ってえと犬しか居ない。日が暮れると犬も居なくなっちゃう)それで浅草の灯よ消えるなとかいわれるが、周辺の飲食店はけっこう賑わってるし、夜中だってざわついている。人が住んでいるんだもの、情緒が消えるわけはない。

昔、大嫌いだったのは浅草のことを書いた小説だ。浅草に住んでも居ない人間が、ちょいとのぞきにきて、自分はインテリ、浅草は庶民、そんなふうな顔してやがてどこか遠くの自分の家に帰っていく。ああいう小説は許しがたいと思っていた。というのは、私自身が浅草に関して外来者で、小さい頃からそれがひけめだったからだ。浅草をフラついていたと記したが、私は小さい頃から浅草を肩で風切って歩いたことなど一度もない。どうも自分が贋の浅草ッ子の気がして、土地の誰かに意地わるされてもやむをえないと思っていたものだ。

そういうところが半村さんは見事に小気味がいい。両国高校だそうだから下町の人なのだろうけれど、下駄ばきでひょこっと来て住みついちゃった感じで、第三者の顔つきに少しもならない。昔の小説家とはそこがちがう。この小説集（『小説浅草案内』）の魔術のタネは、ひょっとしたらそこかもしれない。

私は他との衝突を未然に回避するセンスを「粋《いき》」と呼ぶのだと思っている。だから「粋」は人ごみから生じたもので、あまり目立つのは「粋」なことではなかろう。


本書の中にこんな記述がある。半村さんも、他の登場人物たちも、けっして単に浅草庶民という一色の存在ではない。それぞれ独自のキャラクターで、一色に溶けこむにはかなり頑固な人たちばかりだ。それがけっして衝突しない。ぞろぞろと左右に揺れながら歩く人人の間を柔らかく縫い、それでいてかなり素早く移動していく、という土地の人の歩き方そのままに融和している。その点でまことに「粋」な話ばかりである。人情噺も、もっともむずかしいのは、この「粋」の表白であった。

私が昔心安くしていた小体な飲食店はあらかたなくなるか代替りしているし、近年心安かったパン猪狩の店〝ボードビル〟や熊谷幸吉の店〝かいば屋〟も主人が相次いで亡くなって淋しくなった。それでもときおり、浅草に行きたくなる。

半村良さんとも、昔にさかのぼればかなり古いご縁なのだが、お互い、小説書きになって以来、二三度、それも人ごみの中でしかお目にかかっていない。半村さんがぐんぐんのして流行作家になってしまったりするから、つい気おくれがして近寄りがたい。検番のそばの〝梅むら〟の豆かんを土産に買って帰ったりするから、あのそばなら、今度、声をかけてみようかな、と思いかけて、それこそが無礼なことだと思い直した。本書の作品世界そのままを期待して寄るのは、とりもなおさず、半村流小説魔術の部分を軽視していることであって、小説の世界は小説の上だけの徒しごとと思う必要がある。だから、知らん顔をしていて、あのへんの横丁でばったり、偶然にお目にかかるという折りを楽しみに待っていよう。

おかしくて哀しくて

どうもそれぞれなつかしい連中ばかりである。ずらりと並んだ十五人、誰を見ても、もう二度と現われそうもないキャラクターばかりだ。そうして揃いも揃ってノーテンキで、何かに管理されて粛々と行進している世間の中で、超然として足並みを乱しては、心ある人人に救いを与えている。

大体、小学校あたりで教わったセオリーによると、ああいう生き方をしてたんじゃァロクな者にならない、代表例みたいな人たちが、なんだかハピイに、デロリンコン、デロリンコンと生きてっちゃうというのがおかしくて、また勇気づけられて、それで私などは、学校を放りだして芸人さんのセオリーを勉強しに通ったものだ。

現今はちょっとちがうが、本書（矢野誠一『さらばいとしき芸人たち』）に登場する人たちが生きてきた時代は、芸人というものがまだ特殊な世界というふうに、世間から見られていた。河原乞食、というのは大昔のことにしても、ま、たとえはわるいが、現今でいうと一般市民とやくざ衆のようにどこか一線がひかれていた。つまり、素人（客席に居る人間）と玄人（舞台で芸を売る人間）がはっきり分れていたのだ。

で、世間の戒律がそのまま通用しない。人殺しは困るが、その他のことなら、女をカイても、博打《モウトル》をしても、おおかたの不義理をしたって、

「あいつは芸人だから、しょうがねえや」

これは裏返していうと、差別されていたのだ。芸人は卑しい者、素人社会で守るべきセオリーも、あいつ等にはうるさくいえない。なぜって、あいつ等は芸人なんだから。

いったん卑しい者を自称してしまうと、市民道徳がそっくりとヤボなものに変って、自由が許される。卑しい者を自称するのが嫌な人は、我慢して建前の生き方をすればよろしい。

私を含めて大多数の下積み人間が、芸人に感じる魅力というのは、芸そのものよりも、建前をとっぱらった奔放な生き方に対してであり、その奔放さ野放図さが調味料になって芸格もできあがってくるというふうだった。

敗戦後、その一線が曖昧になりはじめて、特にラジオ、テレビの視聴覚文化が盛んになりはじめて、一億総タレント、この傾向が芸人というものを大きく変えた。

素人のど自慢だって、最初の頃はほとんど出場者が音痴風だった。音痴結構で、昔はそれが素人の証しだったのである。十年たたないうちに、出場者が照れたり羞ずかしがったりしなく

なり、プロもどきの歌唱になった。つまり、卑しい者を自称することなく、芸を見せてもかまわない。

誰でもどんどん素人芸をひっさげて、人前に出てくる。芸人に対する差別なんてどこかに吹っ飛んで、それどころかエリートコースに近くなり、親が率先して子供を芸人に育てようという時代。

差別がなくなったのは結構なことだが、同時に、プロ芸人は難題を抱えこんでしまった。素人がプロの領域を荒すのである。一回勝負なら素人芸だって面白いものがある。今までのプロは時間をかけて芸を練ってきたのだが、そういう練達の芸より奇抜な趣向の素人芸がうけるようになった。素人はそうやってひとしきり賑わし、ウケなくなったらやめてしまって自分の本業に戻ればいい。そういう素人があとからあとから山のように現われる。

プロとしては困るのである。昔は、少しばかり破目をはずしても、あれは芸人だから、と許されたことが、差別がなくなった結果、許されなくなった。一般市民と同じ道徳が要求される。いや、それどころか、みせしめのように、芸人の方が苛酷な罰を与えられたりする。

今の芸人は一般市民より市民的な日常をすごす。すくなくとも、そういう建前の顔をしなければならない。芸も、玄人っぽくなく、その場の趣向を中心にしないといけない。

これじゃァ、のんびりした昔のような、市民からはずれた野放図な芸人が育つわけはない。

むしろ小利口な、客の好みによってさまざまな個性を演じられるような人間が舞台に立ち、客は常に舞台に一歩リードされて拍手を送ることになる。

これでは客席に居る落ちこぼれは救われない。むしろ、芸人の世界から眼をそむけて、一般社会を見廻した方が心が晴れる。ある種の人間、つまり私などのような男にとって、芸を観にいく必要が生じてこなくなってきているのだ。

そういうわけで、本書は、ひと昔前の、古いタイプの芸人に対する懐古と鎮魂の書でもあるのである。こういうことをやらせると、矢野誠一くらいはまる人はいない。実際、矢野さんは、人の顔を見ると満面を笑顔にして、いわゆるちょっといい話をささやきにくる。おそらくもう何回もしゃべっているだろうのに、少しもあきることなく、しゃべり手の矢野さんの方が一番大きな声で笑っている。こちらも矢野さんが徘徊しそうな場所に寄るときは、前もって一つ二つ、その種の話を頭にとめて行くのだが、いつも矢野さんのペースに圧倒されてしまう。

語り口ふうの文章もシャレて洗練されていて、登場する芸人の風貌姿勢を知っている者には、眼の前に本人が蘇ったごとくでおかしくてしようがない。知らない人だって、説明不要、無条件にわかる。

弟子の逗子とんぼを温泉プールに飛びこませて、熱く苦しいから浮きあがると、

「なぜ浮く」

苦しいから、なんて返事では許されない。とっさに、

「軽石です」

「よし」

にっこり笑ったというシミキンの、よし、というイントネーションが眼の中に浮かびすぎて、なつかしくて涙が出るようだ。

先妻が小唄の師匠でよく嫁いでくれる。

「——だから仲間うちじゃわりに羽ぶりがよくてね。志ん生のところで清《きよし》（馬生）が生れたときなんざ、鶏の卵を十《とお》ばかり届けてやったもんです」

という三笑亭可楽の、鶏の卵を十、という声音がきこえてくるようだ。こういう大正あたりの口調も、もう街から消えてしまった。

そういえば、小津安二郎にかみついたときの山茶花究の、

「いいかげんにさらしてやッ」

という啖呵が、どう考えても山茶花のセリフで、この一言で彼の風貌がパチッと出てくる。こういう軽文章でも、一言一句、おろそかにできないところがあるのである。

それにしても、皆死んでしまった。おかしくて哀しくて、おかかかなしいい連中はいずれも高座

を終えてひっこんでしまい、今はもう幕がおりているだけだ。あと観れるのは掃除のおばさんの掃除と、ガラガラガラッと大戸が閉まる物音だけだ。

どうも淋しくて、この本片手に一杯やりたくなる。

好食つれづれ日記（其ノ弐）絶筆

お早うございい、と中年の女中さんが茶道具と新聞を持って入ってきた。

「お早よう――」

「朝御飯は地下室に用意しときましたから」

「あ、そうかい」

ぞんざいでも陰湿でもないが、有無をいわさぬ感じである。それで新聞片手に階段をおりようとすると、

「貴重品は全部お持ちになって下さい」

地下室におりた。壮年の男が二、三人、ぼそぼそと飯を喰っている。今日は雨かと思ったがな、今年はあったかいねえ、など言葉を交しながら、一人一人、ごっつォさん、小さく会釈して去っていく。

出稼ぎの人たちであろう。

長卓の一部におかれた私の朝食。卵焼きとキャベツの千切り、おでんのときに使う練り物の煮た物三四片、煮豆三四粒、大根の新香、あくまでうすい味噌汁、一膳半ぐらいの盛り切り飯。ひと昔前ならば型どおりの朝食であろう。が、どうも味気ない。

上野駅に近いこのあたりの和風旅館は、二通りの仕切り方があるという。一は修学旅行などの団体をあてこんで大部屋に詰めこむ形。他の一は、出稼ぎの人たち用に小部屋をたくさんにする。

私が寝た部屋もその一つで、ベニヤの扉に鍵がかかるようになっており、三畳間と洗面所。夜具は二つ折りにして隅に重ねる。茶卓と造花の一輪ざし、はめこみの蛍光灯、除虫剤の臭い。若い頃に重用したドヤの感じを思い出す。もっともドヤでは一間を占領するのは贅沢なふるまいだ。

昨夜はここで、つくねんとして原稿を書いた。自慢でいうわけではないが、目下、私は宿無しである。住所不定――。新聞にこう記されていると、孤独で貧相な放浪者のイメージが浮かぶだろう。本当にそれに近い。実にどうも、さっぱりとした気分である。

もっとも、家賃は方方にお払いしている。

かねがね、老耄したら都会を離れ、晴耕雨読の生活に入りたいと思っていた。たまたま縁あって岩手県一関市内に家を借り、また東京での仕事のためにマンションを借りた。

しかるに、一関の方はトイレと風呂場を直すのでまだ入居できないという。東京下町のマンションの方は、内装を完全にするから今月一杯は駄目との由。

すでにがらくた荷物は一関に送ったあとで、私は着たきり雀であり、下着の替えもない。かくて、一瞬にして私は宿無しになった。どこで失敗してこうなったか、考えてもなかなかわからない。

これまで居住していた東京の借家には、マンションの方に運ぶべき荷物がいくらか残存しており、したがってここの家賃もお払いしなくてはならない。一関と、東京のマンションと、三方に家賃を払い、しかもそのうえに宿賃まで払って、なんだかわけがわからないが湯水のように金を使っている。

カミさんは、限りなく引越しばかりしている私を見限って、大分前に小さな建売住宅を買い、そこに一人で住んでいる。

カミさんのところには行きたくない。またカミさんも私を寄せつけない。

この最中に井上陽水の結婚十周年パーティ（彼等は結婚したときに式をあげなかった）がホテルOであり、別の一夜は杉浦直樹、若林映子夫妻と痛飲して、旅館の門限を逸し、直さんの常宿の高輪Pホテルに泊っちまうなどしながら、上野の三畳間に舞い戻って、澄まして原稿など書いている。

実にどうも、面白い。けれども、ホテルにしろ旅館にしろ、転転としているとそれだけで疲れる。これも老いの証拠か。

カミさん、下着類を持って出現。三畳間を一瞥して、

「これはちょっと、かわいそうね」

「いいんだよ、これが」

「いかに節約するったって――」

「ちっとも節約なんかしてない。俺は居住費で破産しそうだ」

「とにかく、あたし帰ります」

「まァちょっと、飯でも喰いに出るか」

「アラ、それでもあたしと御飯たべたいの」

「引越しの荷作りなんぞさせたから、サンキューという意味だ」

上野というとトンカツ屋というイメージがすぐに浮かぶ。松坂屋裏の〝蓬萊屋〟に行こうとして、月曜日であることに気づく。この店は平常でも夕方の短時間しかやらないから、たとえ上野界隈に居ても、その時間帯をはずれていてなかなか寄れない。たまたまその条件にはまると定休日の月曜だ。どういうわけか、月曜日というと吸いこまれるようにこの店の近くに来る

癖がある。

もう一軒の名店の〝本家ぽん多〟に行くとここも定休日。

「ほらはじまった。嫌よ、いつかの二の舞いは」

以前、カミさんを連れて七八軒を転転とし、いずれも定休という災厄にあった。その夜はヤケになってラーメンを喰って帰った。

「よし、では年中無休という店に行こう」

タクシーを停めて根岸の〝香味屋〟に行く。この店も看板の灯が消えていて、ドキッとしたが、二三軒先の臨時営業所でやっている。

香味屋も近年はモダンになって、下町洋食という感じは〝ぽん多〟の方に濃く残っている。

私はカニコロッケとタンシチュー、カミさんはハンバーグ。彼女くらいハンバーグの好きな女も珍しい。

「ここのハンバーグおいしいの」

それはそうだろうが、彼女は洋食屋に入ってハンバーグ以外のものを喰ったことがないのだ。

×月×日、浅草おかみさん会の主催する浅草常盤座のショーに日替りゲストとして何日か出演。三國一朗氏、馬場雅夫氏と浅草の思い出を語る。上野近くの旅館はこのためもあって泊ったのだが、この日、急にビューホテルに泊ってみたくなってフロントに寄る。ビューホテルは元の国際劇場が蘇ったもので、常盤座といい国際劇場といい、四、五十年前に数数の思い出がある。

戦争前の浅草の盛りの頃を知っている人たちの中で、私が一番若いくらいではなかろうか。私は満十歳くらいの小学生の頃からこの盛り場を徘徊していた。渥美清さんは私と同じ年齢だが、やっぱりこの時期の浅草についてくわしい。子供の頃から笑劇のファンだったのだ。

三木のり平さんも顧客の一人で、のり平さん宅で浅草の話をして夜を徹したことがある。日本の喜劇を代表する二人の天才が、三つ子の頃から笑劇にどっぷり漬かっていて、この直の教養を摂取していたのだ。

文壇の吉行淳之介さん、結城昌治さん、吉村昭さんなどもくわしい。お互い知らずしてあの頃、客席で隣り合っていたかもしれぬ。

浅草河童橋育ちの編集者H君が現われたので、連れ立って雷門前の〝藪蕎麦〟に行く。近時今ひとつの声もきいていたが、菊正の冷酒で流しこむせいろは、往年の風味があった。そばでは言問通りの向うの花柳界のあたりに〝大黒屋〟というそば屋があり、近時名声の高い一茶庵系の店だという。一茶庵系は栃木県足利市に名人爺さんが居り、宇都宮の同店は息子、目黒、フジTV横、先月号(「現代」一九八九年四月号)の山梨の〝翁〟が一門だ。そうして浅草は総領弟子らしい。私は行ったことはないが、喰べてきたソバッ喰いの話によると、「どうも、総領の甚六かなァ」

一茶庵としては、今ひとつの所らしい。

浅草で開店して、大黒屋という店名では、浅草には同名のてんぷら屋の老舗があり、てんぷら屋かと思ってしまう。

私が長男だからそう思うのかもしれないが、こういうおっとりした店名のつけ方が、総領的かなァ、と思う。

同じく花柳界近くの（検番のそばだ）〝梅むら〟に寄って天下一品の豆かん（一人前三百五十円）を楽屋の土産に買う。寒天の上に黒豌豆《えんどう》を乗せて蜜をかけたもので、酒の後でも合うさわやかな逸品。他でも売っている店はあるが、口の中で溶けるほどの黒豌豆の柔らかさはこの店でないと味わえない。

これだけの歩きで疲労困憊したので、金竜館（現ロキシー劇場か）横のハトヤで少憩。変哲もない店だが、昔は浅草の役者のたまり場で一杯五銭のコーヒーが有名だった。が、世話好きの未亡人も今は亡く、代替りしているらしい。むっつりとしたまま出る。

なつかしい常盤座の楽屋。ロッパたちの居た幹部部屋は女性の手品師一行が使い、中幹部部屋に古い芸人たちがたむろしている。子供の頃の私は奈落（舞台下）の踊り子たちの大部屋によくもぐりこんでいた。乳房の所に田虫（皮膚病の一種）なんぞこしらえた踊り子がいて、

「皆いいっていうけど、女って、それほどのもんじゃねえな」

なんて思っていた。この劇場はエプロンステージも立派、舞台の奥行きもあり、廻り舞台など浅草でも機能の秀れた小屋だった。今はエプロンもなく、廻り舞台も機能しない。それどころか客席の椅子も急拵えだ。往時を思うと溜息が出る。

歌謡模写の白山雅一さん（三亀松の弟子で元柳家亀松、古い芸人だ）が楽屋に飛び込んできて、

「誰かに、俺宛の花輪を捨てられちゃったよ。無断でさ。昨日まであったのに」

「あれ、どうして」

「高橋圭三さんからのだよ。圭三さん、観に来てるかもしれないのに」

「表方が捨てたのかい」

「少ししおれかけたから、だってさ」

居合わせた芸人たちががやがやいいだした。

「劇場の常識も知らねえ若い衆が多くなったなァ。芸人宛の花輪を途中で捨てるなんて、贈ってくれた客にも失礼だし――」

「昔なら、俺、けんつく喰わしてやったよ」
「ああ、そうだ。何されても文句いえねえ。またする奴も居なかったさ」
「買い直して来ましょうかって、支配人がいうから、そんな必要はござんせん、だがね、失礼ってことだけは覚えてくんねえ、って」

楽屋にも時世が変った感慨がはびこる。

時世といえば本日は三月九日。下町大空襲のあった夜である。三國さんと楽屋でその話をしたが、舞台では話題にしなかった。三國さんらしい配慮で、嫌な思い出には触れないということだったのだろう。

終って、どこで夕食を、と思う。洋食の〝大宮〟もうまい。弁天山の〝美家古寿司〟もいい店だ。トンカツの〝河金〟も名店だったが、近年跡目争いでもめている由。日本酒を呑む気なら寿司屋横丁を入った所の〝松風〟。ここは樽酒の銘柄が揃っており、呑み助が東京中から集まった。

ふと思いついて松屋裏の〝香《か》とり〟に行く。ここも戦前、久保田万太郎や高見順など文士がよく集まった店だ。私ははじめてだが、声色の故木下華声さんなどからこの店の話はよくきいていた。

しかも先代の息子高橋伸寿さん（ジャズ歌手）は友人だ。

「サンちゃん、居ますか」

「もう仕事から帰ってくる頃ですよ」

奥さんらしい。カキフライに冷奴を注文してチビチビやっていると、高橋さん《サンちゃん》帰る。

「やあ、びっくりした」

「俺ね、子供の頃うろついてたから、飲み喰いまでとても小遣いが廻らないんだ。そのうち戦争でね。一度来ようと思いながら、今夜はじめて」

それでまた三月九日の大空襲の話になる。私は中学生だったが、無期停学になっており、その夜は言問橋《こととい ばし》のそばの某家で、山茶花究さんたちがやっている花札をぼんやり眺めていた。

花火の雨のように焼夷弾が降りはじめて、

「こりゃシャレにならない。逃げよう」

表を人人が列をなしてぞろぞろと河（隅田川）の方へ行く。河が近いと知っていたが、どうしてか私は人人と逆に、上野の山の方をめざして走った。当時私は泳ぎというと面かぶりぐらいしかできず、瞬間的に河を嫌ったらしい。結果としてこの判断がよくて、河の方に避難した人の大半が助からなかった。

むろん、私も上野の山までは行けない。暗い方角を選んで駈けているつもりだが、次次に火の手があがり、引き返したり、また戻ったり、うねうねと走り迷っているうちに、四方が赤く明かるくなって、もう駄目かと思ったり。結局、ロータリーの中央にあった広い防火用水の池に飛びこんで潜った。私の他にも池の中に何人か居たが、大通りを焔の柱が飛び交っていて、なかなか顔が出せない。白煙がたちこめる朝になって、池から這い出ると、一メートルも離れていない所に焼死体が転がっていた。

あのロータリーがどこだったか、という話になる。奇妙にどこだか私にはわからない。三ノ輪の五叉路だったか、或いは言問通りのどこかの四つ辻だったか。

高橋さんは疎開して不在だったが、縁者を何人もなくされた由。

話ははずんで深更になり、私はバーボンを痛飲してベロベロ。

×月×日、ビューホテルの十五階から、夜明けの東京東部を眺める。東京の住人ではないと思うと、現金なもので、朝靄の中に立って居る大小のビルが墓石のように冷めたく不吉に見える。

この国際劇場もたくさんの思い出があり、ベッドに横たわっていると少女歌劇の女のコたちの嬌声が、幻聴となってきこえたほどだ。

ここの楽屋は男子禁制のうえに、私は人見知りをして入ったことがないが、なにしろばかでかい小屋で、踊り子が化粧で描く眼の縁の泣きぼくろが、当時の五銭玉くらいの大きさに描かないと後方の客席からそれらしく見えない。だからそばに寄ると舞台化粧がお化けのようにものすごかった。

東洋一、と称して、偉容を誇ったものだが、下町空襲で外壁だけになり、戦艦武蔵のように巨体をむなしく風雨にさらしていた。

昼めしに旧区役所近くの〝天藤《てんとう》〟の天丼を喰う。これも古い店で、かつての浅草人は有名老舗より小さなこの店を愛したものだ。

昔どおり、ごま油で黄色く固く揚げたてんぷらが乗っていて、汁《つゆ》の御飯にしみかげんもいい。

常盤座の昼夜二回をすませて、楽屋に居合わせた逗子とんぼを誘い、また〝香とり〟に行く。とんぼの師匠清水金一《しみきん》も愛した店だ。

前夜、あれほど話しこんだのに、また浅草の昔話。

昔、昭和のはじめの頃、山手線を敷くにあたって、地元の商店街が浅草を国電が通ることにこぞって反対した。

「いけませんよ、電車が通ったら、客が皆、電車に乗って散ってしまう」

山手線は仕方なく上野から神田に、円周を縮めたが、これが浅草衰退の原因の一とされている。

ところが戦後、地元がまた拙劣な判断をした。浅草復興のために、他の盛り場のように現代ふうな街づくりに精を出した。結果、浅草特有のムードがこわされる。かつては時世に背を向けて失敗し、今度は時世に合わせようとしてまた失敗。

「いけませんよ、第一、瓢箪池を埋めちゃったろ。それでぽかっと何かが欠けちゃった。誰があんなことしたのかねえ」

「浅草は浅草だよ。他にないものを持ってなくちゃ。今の六区（興行街）、西部劇の新開地みたいになっちゃったな」

「立川談志がいってた。六区の通りは夕方になると犬しか居ない。八時頃になると犬も居ねえって」

吉原はすでに無く、六区はたしかにさびれたが、周辺の飲食街はけっこう繁昌しているらしい。それでも昔の浅草を知る者には瀕死の状態に見える。

私の考えでは、下町の中小（零細）企業が、大空襲で焼跡になって以後、復興しなかったことに大きな原因があると思う。かつての浅草は、零細企業と商店労働者の街だった。

街づくりの不手際もあったろうが、それ以上に、時世の変転に置き去られたのである。〝香とり〞を出て、とんぼたちと別れ、馬道の通りをぶらぶら歩く。戦後にできた新興店が、いかにも老舗めかして大きな看板をあげている。

〝香とり〟のような店は、不思議に地味なたたずまいで、飲食代も安い。そうして客の年齢層も高く、我我が昔話をしていると、一緒に加わってしゃべりたそうな顔をしている。

「こっちに来て一緒に呑みませんか」

と誘ったら、すぐにやってきただろう。今度行ったら、そうしてみよう。

言問通りが国際通りとぶつかるあたりの裏道に（猿之助横丁）奇人熊谷《クマ》さんの〝かいば屋〟という焼酎屋があったが、一年前、アルコールで壮烈な戦死をしてしまった。数度にわたる大喀血で病院をそのたびに脱走し、最後のときは洗面器一杯に血を吐いて、家族が救急車を呼んでいる間に、ウイスキー一本をさらに呑み干し、救急車が酒の臭いに満ちたという。

埼玉生れだが江戸ッ子の典型で、大男あくまで気弱く向うっ気のみ、照れ性、趣味的、好きな人物、好きな物のみに惑溺し、落語と小説とジャズを愛して、実に味のある市井の人物をまた一人失った。

店をついでいる未亡人を表敬訪問すると、奇しくも翌日が一周忌の由。

もう私は理性をすべて失って、近くのおでん屋〝さと〟へ入りこむ。この店も古くて戦前から。元芸者だったお婆ちゃんと娘分の年増のねえさんが二人で仲好くやっている。

ここでまた昔話。戦災の話。

二人とも身寄りがなさそうだが、明かるくて元気だ。

浅草はこういう目立たない店がいい。そうしてこういう店はいずれも中高年の客ばかりで、若者は寄りつかない。

いい気分で、千鳥足、ビューホテルにたどりついて、部屋で着衣を乱暴に脱ぎ散らし、テラスに出て改めて浅草の街を見おろす。

昔、浅草は、悪徳の街でもあった。盛り場特有のアクがあった。今は何もアクがない。テレビドラマのように、健全だ。

やっぱり盛り場は、悪徳の魅力で人人を引き寄せるのである。

劇場も寄席も映画館も、テレビと同じようなことをやっている。建前としては子供なんぞ入場させないくらいの悪徳劇をやり、休憩時間の中売りにヒロポンを売るくらいでちょうどいい。

「今日は運がいい。手入れがなくて無事に帰れた」

なんて。そういう浅草が復活するように。

初出一覧

いずれ我が身も	文學界	'79・5
雑木の美しさ	文藝春秋	'80・5
ばれてもともと	波	'82・10
養女の日常	文學界	'83・7
たったひとつの選択	新潮45	'83・12
エジプトの水	オール讀物	'84・4
物忘れ	文藝春秋	'84・10
血の貯金、運の貯金	新潮45	'87・7
「離婚」と直木賞	別冊文藝春秋	'87・夏
霊柩車が欲しい	オール讀物	'87・5
節制しても五十歩百歩	新潮45	'88・1
男らしい男がいた	新潮45	'88・6
年を忘れたカナリアの唄	新潮45	'89・2

一刀斎の麻雀	文藝春秋	'80・6
冬の苦行	オール讀物	'80・12
別れの刻	海燕	'85・3
若い人への遺言の書	波	'85・12
川上さんのこと	文學界	'87・4
深沢さんと自然の理	文學界	'87・10
セリさんの贈り物	新潮45	'88・2
稚気と密室	新潮文庫解説	'78・5
相棒にめぐまれて	波	'79・3
一人遊び	波	'80・1
和田誠は宇宙人	波	'81・4
青島幸男さんへ	波	'81・9
あたたかく深い品格	中公文庫解説	'82・1
時代の浮草	新潮文庫解説	'82・10
陽水さんがうらやましい	波	'82・12

未完の重たさ	新潮	'83・3
ギャグによる叙事詩	波	'83・7
フランシス・ベーコンの正体	藝術新潮	'83・8
風雲をくぐりぬけた人	波	'83・11
かすかな悲鳴	中公文庫解説	'83・12
親の死に目と草競馬	波	'84・3
ぽっかり欠ける	中公文庫解説	'84・5
ギャンブルの全貌	波	'85・6
「俺と彼」同時日記の書き方	新潮45	'85・7
室内楽的文学	文春文庫解説	'86・1
日記失格者	新潮	'86・7
動乱期への郷愁	文春文庫解説	'87・4
死ぬ者貧乏	波	'87・7
書評失格	新潮	'87・11
急逝した息子へのレクイエム	波	'88・4
逸すべからざる短篇	群像	'88・5

半村人情噺の「粋」　波　'88・10

おかしくて哀しくて　文春文庫解説　'89・2

好食つれづれ日記（其ノ弐）　現代　'89・5

＊一部初出表題と異なるものもあります。

P+D BOOKS ラインアップ

帰郷	大佛次郎	●異邦人・守屋の眼に映る敗戦後日本の姿とは
辻音楽師の唄	長部日出雄	●同郷の後輩作家が綴る太宰治の青春時代
宣告（上）	加賀乙彦	●死刑囚の実態に迫る現代の〝死の家の記録〟
宣告（中）	加賀乙彦	●死刑確定後独房で過ごす青年の魂の劇を描く
宣告（下）	加賀乙彦	●遂に〝その日〟を迎えた青年の精神の軌跡
金環食の影飾り	赤江瀑	●現代の物語と新作歌舞伎〝二重構造〟の悲話

（お断り）

本書は１９８９年に文藝春秋より発刊された単行本を底本としております。
あきらかに間違いと思われるものについては訂正いたしましたが、
基本的には底本にしたがっております。
また、底本にある人種・身分・職業・身体等に関する表現で、現在からみれば、
不当、不適切と思われる箇所がありますが、著者に差別的意図のないこと、
時代背景と作品価値とを鑑み、著者が故人でもあるため、原文のままにしております。

色川武大（いろかわ たけひろ）
1929年（昭和4年）3月28日—1989年（平成元年）4月10日、享年60。東京都出身。1978年に『離婚』で第79回直木賞を受賞。代表作に『怪しい来客簿』、阿佐田哲也名義で『麻雀放浪記』など。

P+D BOOKS

ピー プラス ディー ブックス

P+Dとはペーパーバックとデジタルの略称です。
後世に受け継がれるべき名作でありながら、現在入手困難となっている作品を、
B6判ペーパーバック書籍と電子書籍で、同時かつ同価格にて発売・配信する、
小学館のまったく新しいスタイルのブックレーベルです。

ばれてもともと

2019年3月12日　初版第1刷発行
2023年8月9日　第6刷発行

著者　色川武大

発行人　石川和男
発行所　株式会社　小学館
〒101-8001
東京都千代田区一ツ橋2-3-1
電話　編集　03-3230-9355
販売　03-5281-3555
印刷所　大日本印刷株式会社
製本所　大日本印刷株式会社
装丁　おおうちおさむ（ナノナノグラフィックス）

ISBN978-4-09-352360-8

P+D BOOKS